扉の向こうはあやかし飯屋

猫屋ちゃき Chaki Nekoya

アルファポリス文庫

https://www.alphapolis.co.jp/

目次

第一話　失恋ＯＬにうまい飯を

習慣というのは恐ろしいものだ。すっかり身体に染みついて、無意識のうちに行動を起こさせてしまう。

酔っていても家に帰り着くことができたり、そうと意識しなくてもあるものを決まった場所に片付けたり。習慣化した行動というのは、まるで呼吸をするようにできてしまうのだ。

「……どうしよう、これ」

茂木若菜《もぎわかな》は、自宅マンションまであとわずかというところで、その習慣によって失敗したことに気がついた。手に提《さ》げたスーパーの袋が重たいなあと思ったときに、ふと我に返ったのだ。

スーパーの袋の中には、ふたり分の食材が入っている。若菜はひとり暮らしなのに。

恋人と別れたことが頭からすっぽ抜けていて、いつもの癖《くせ》でふたり分の買い物をしてしまったのだ。

三年近く付き合った恋人と別れたのは、つい先週のこと。別れたというより、ふられた。二十六歳の若菜よりも四歳若い、別の彼女ができたのだという。どうやら、しばらく二股《ふたまた》をかけられていたらしい。仕事が忙しくて、そんなことには一切気がつかなかった。

ここ数ヶ月、よく夕飯を食べに来るなあとは思っていた。でも、仕事で遅くなるからなかなかゆっくりデートもできないし、料理をするのは好きだから、お家デートのつもりで若菜も気前よく手料理を振る舞っていたのだ。お礼と言って食器の後片付けをしてくれる後ろ姿を見て、結婚生活をちょっぴり意識したりもした。

今になって思えば、あれは新しい彼女に貢《みつ》ぐために食費を浮かせていたのだろう。そのことに思い至ると、自分もその彼女に間接的に貢《みつ》がされていたような気がして、すごくみじめな気分になった。

それで数日間は自分のためにお金を使おうと外食して帰ったり、デリバリーを頼んだりしていた。

だが外の味にも飽《あ》きてきたし、結局手間暇《てまひま》かけて料理するのが好きなのだと改めて気がついて、久しぶりに夕食を作ろうと張り切っていたのに……

泣きたくなって、若菜はスーパーの袋の中を睨《にら》んだ。

腕にずっしりとくる重みは、丸ごと買ったカボチャのせいだ。元彼がカボチャ好きだから、無意識のうちにカゴに入れてしまっていた。

丸ごと一個なんて、はっきり言ってかなり持て余す。ひとり暮らしなら、半カットか四分の一カットで事足りるから。

それに、若菜はカボチャがそんなに好きではない。おまけにまだ九月の終わりで、旬《しゅん》には少し早い。

元彼の存在が当たり前になっていたことを思い知らされて、若菜は猛烈に悲しくなった。

浮気をされていたとわかった時点で百年の恋も冷めたと思っていたのだけれど、想いはなくなっても習慣は残った。それほどまでに長く、親密に付き合っていたにもかかわらず、若菜は捨てられたのだ。

捨てられたという事実が、今ここにきて胸にずしんとのしかかってくる。このカボチャのように。

天ぷら、フライ、煮つけ、プリン……大して好きではないから、調理法がそのくらいしか思いつかない。この丸々一個のカボチャをどうやって消費しようかと考えると、悲しみはじわじわと強くなっていく。

「あの……大丈夫ですか?」

不意に声をかけられ、若菜は我に返った。そして、傍《はた》から見た自分のやばさに気づく。

夜の八時過ぎに道端でカボチャ片手に涙ぐんでいる女なんて、不気味にもほどがある。

手の甲でさっと涙を拭《ぬぐ》って、若菜は声をかけてきた人に向き直った。

「すみません。大丈夫です。ちょっと、ぼーっとしてしまって」

声をかけてくれたのは、若菜と同い年か少し上に見える男性だ。すらりと背が高く、さっぱりしょうゆ顔の優しげな人だった。

本当に親切心からの声かけだったらしく、まだ心配そうに若菜を見ている。

「もしかして、カボチャが嫌いなんですか?」

「え？」

「カボチャを手に涙を流してたので、泣くほど嫌いなのかなって……」

そっとカボチャを指さされ、若菜の頬《ほお》はカッと熱くなる。街灯《がいとう》の下でも、涙の跡くらいは隠せると思っていたのだ。

「そうなんです。そんなに好きじゃないのに丸々一個買っちゃって、どうやって食べきろうって思ったら、何だか泣けてきてしまって……」

ばっちり見られていたのなら仕方がないと、開き直って若菜は白状した。ごまかすように笑みを浮かべてしまって、痛々しいと思われなかったか不安になる。だが、男性は真剣な顔で頷《うなず》いて、それから微笑《ほほえ》んだだけだった。

「よかったらそれ、うちで調理しましょうか？　俺、この近くで店をやってるんですけど」

男性はよく見ると、黒のカフェエプロンっぽいものを身につけている。手には小さめのビニール袋を提《さ》げていて、何か買い足しに出ていたのが見て取れた。

「この近所のお店ですか。全然知りませんでした……」

若菜が住んでいるのは、ファミリー向け物件が多い住宅街だ。だからコンビニやスーパーは充実していても、飲食店はほとんどない。仕事柄、飲食店の情報には敏感になっていなくてはいけないから、若菜は俄然《がぜん》興味がわいた。

「まだ、オープンして間もないんです。あの、おいしく料理するんで、よかったら来ませんか？」

男性は生真面目《きまじめ》そうな様子で若菜を誘う。

カボチャを持て余している若菜に同情したのか、若菜に持て余されているカボチャに同情したのか。

わからなかったけれど、この人がどんな料理を作るのか気になった。だから、若菜は頷《うなず》いていた。

「はい。ごちそうになります」

よく考えたら知らない男の人についていくなんて危ないのでは、と歩きながら気づいたものの、危険を感じるより先にその店とやらに着いてしまった。

若菜の住んでいるマンションを通り過ぎ、一本奥まった細い道に入って古い家々の間を進んでいくと、その店はあった。

「……まんぷく処《どころ》」

門に吊るされた提灯《ちょうちん》の丸っこい文字を読んで、それが店名なのだとわかる。

「どうぞ」

そう促《うなが》されて門扉《もんぴ》を抜け、飛び石の上を歩いていくと、入り口はオーク材の重厚なドアだった。名前も看板も和風なのに。

格式の高いフレンチレストランみたいだなと身構えたが、ドアを開けてもらって中が見えると、意外にこぢんまりしていてほっとする。

「和風創作ダイニングですか？」

無垢材《むくざい》のテーブルが二脚とカウンターがあるだけの、比較的狭い店だ。店内は柔らかなオレンジ色のライトに照らされている。足元を照らす間接照明は籐《とう》で編まれた丸い籠《かご》で、南国リゾートのような雰囲気もある。和食が出てきてもいいし、アレンジを利《き》かせたイタリアンやフレンチでも違和感はないなと、若菜は分析した。

「創作ダイニング、なのかな？　お客さんが喜ぶものなら何でも作りたいって思ってます」

男性は爽《さわ》やかに微笑《ほほえ》むと、若菜に手を差し出した。少し考えてから、カボチャを渡せという意味なのだとわかって、持っていたものを男性の手に乗せた。

「嫌いなものはありますか?」

「特にありません」

「じゃあ、おいしいの作りますね」

得意げにカボチャを掲《かか》げると、男性はカウンターの向こうのキッチンに入っていった。若菜がカウンターの椅子に腰かけようとしたところ、足に何かふわっとしたものがまとわりついてきた。

「わっ……え、子猫?」

足元に目を凝《こ》らすと、白くてふわふわしたものが丸まっているのが見える。

「こら、スネ! お客さんをこかそうとするな! すみません。そいつ、人の足にまとわりつくのが好きで」

「そうなんですか……可愛い」

スネと呼ばれた毛玉は、丸まった状態でもぞもぞと男性のいるキッチンのほうへ行ってしまった。もこもことしたお尻をわずかに振りながら動くのが愛らしい。動いている姿は、子猫というより小さな天竺鼠《てんじくねずみ》のようだ。

若菜は猫カフェなどのアニマルカフェにわざわざ行くことはないが、猫のいる喫茶店なんかは好きだ。思わぬ出会いに、心がほっこりする。

若菜が毛玉に見入っている間に、男性――まんぷく処の店主は、手早く調理を進めていく。

タマネギを炒《いた》め、そこに小麦粉を加え、少し練ってから牛乳を少量ずつ入れていく。簡易的なホワイトソースを作っているのがわかった。

そのあと、電子レンジで加熱したカボチャも加える。

（カボチャグラタンかな）

漂《ただよ》ってくる甘い匂いに、若菜の身体は素直に反応した。手間がかかるわりにあまりメインという感じがしないためなかなか作らないけれど、グラタンは好きなのだ。カボチャの消費方法としてグラタンには思い至らなかったから、なおさらわくわくしてくる。

そのまま器《うつわ》に入れて焼くのかと思いきや、次に店主は白米と刻んだ野菜やキノコをフライパンで軽く炒《いた》めていた。どうやら、ドリア風のものになるらしい。

炒《いた》めた白米を耐熱《たいねつ》の器《うつわ》に敷《し》き詰め、ソースをかけ、チーズを乗せてオーブンに入れる。

流れるようなその動作を、若菜は邪魔にならないように見守った。

自分も料理が趣味だからか、若菜はオープンキッチンやこういうカウンターで店の人が料理をしているのを見るのがわりと好きだったりする。ピークタイムの慌ただしい様子はつられて焦《あせ》るから嫌だけれど、そうでないときは眺めているのが楽しい。

それからしばらく待っていると、木製のプレートに乗せられたグラタン皿が運ばれてきた。

「はい、できました」

「わあ……!」

焦《こ》げ目のついたチーズの香りが鼻腔《びこう》をくすぐり、立ち上る湯気と煮えてグツグツしているホワイトソースが視覚を刺激し、食欲をそそられる。

「いただきます」

若菜は手を合わせ、器《うつわ》に添えられた木のスプーンを握った。そして、優しい黄色のソースとその下の米をすくう。ホカホカと湯気の出ているそれに何度か息を吹きかけるが、しっかり冷めるまで我慢できず口に運んでしまう。

「あっつ。……でも、おいしい。甘いソースとご飯がよく絡《から》んで。このお米、ただのバターライスじゃなくて、ほんのりカレー味なんですね！」

ひと口食べただけで、そのおいしさに若菜は感激した。

「ホワイトソースにすごくコクがあって、カボチャとよく合いますね。ご飯がカレー風味だから甘めのソースが引き立ってます。それに、チーズと一緒に上にまぶした粗《あら》めのパン粉とか、ご飯の中のキノコ類とか、異なる食感がいろいろあって口の中が楽しいです」

はふはふと食べる合間に、若菜はこのカボチャのドリアがいかにおいしいかを伝えようとした。

日頃、仕事の関係で様々な店に行く。大衆食堂から、人気チェーン店、ちょっとした高級レストランまで。そういうところでももちろんおいしいものにありつくことはできるが、今食べているドリアほどの感激はめったにない。

食べているとわくわくして楽しくなるような、そんな魅力がこの料理にはあった。

「すごく食レポ、お上手ですね」

「すみません。仕事柄、つい癖《くせ》で。どうおいしいのかいちいち言葉にしてしまって」

「喜んでもらえてよかったです」

店主は若菜が食べる様子をさりげなく、だが嬉しそうに見ていた。邪魔にならない程度の視線だし、そっとお冷《ひや》のおかわりを注《つ》いでくれるなど、気働きも心地よい。

小さな洋食店や昔ながらの喫茶店で食事をするのが若菜は好きなのだが、この店の雰囲気はそういった場所に似ている。常連たちによって支えられている、隠れ家的で特別感のある店に。

「ごちそうさまでした。すごくおいしかったです」

スプーンを置いて、若菜は手を合わせた。お腹も満たされたが、それ以上に心が温かくなったのを感じている。久しぶりにうんとおいしいものを食べたという満足感だけでなく、もっと何かいいもので心が満たされていた。

「よかった。元気になったみたいで」

店主は、安堵《あんど》したように若菜を見ていた。この店に来ることになった経緯を思い出して、若菜の顔は再び熱くなる。

「……すみません。ご心配おかけしました。カボチャ持って突っ立ったまま泣いてたら不気味だし、不審に思いますよね。それなのに、声をかけてくださってありがとうございます」

「そんな、不気味だなんて。そういうことではなくて、何だか放っておけなくて……消え入りそうに見えたんですよね」

「……そんなに、生気がなかったですか……」

苦笑いを浮かべる店主を見て、あのときの自分はよほどおかしな様子だったのだなと若菜は理解した。

思えば、この一週間は呆然《ぼうぜん》としていた。悲しんだり怒ったりせず、ただ淡々《たんたん》と日々をやり過ごした。そうするのが、大人だと思っていたから。

たかが失恋ごときで、大人の女性が取り乱してはいけないと思っていたのだ。それに、浮気するような男との別れで気持ちが乱れてしまうのも癪《しゃく》だった。

だから、つらいという感情に蓋《ふた》をして、しなやかに受け流したふりをしていたのだ。そのせいで突然感情が爆発してしまうなんて思いもせずに。

「何か悲しいことがあったんですか？　あの……話せば楽になるかもしれませんよ。俺は、聞くことしかできませんけど」

生真面目《きまじめ》な様子で、店主はそう申し出てくれる。客商売が上手な人特有の気遣いなどではなく、本当に親切なのが伝わってくる。その言葉によって、こうして誰かに話を聞いてもらう機会が欲しかったのだと気づく。

友人たちには、まだ恋人と別れたことを伝えていなかった。二十六歳という年齢は、みんなそれぞれ仕事が充実していたり、婚活に励んでいたりする。そんなポジティブな方向で忙しい人たちに、わざわざネガティブな報告をしたくなかったのだ。……そう思っていたが、実際は見栄もあったのだと思う。

納得ずくで別れたのならまだしも、ふられたのだ。しかも浮気をされて。三年近くも付き合ったのに。そのみじめな状況を、親しい人に知られたくなかったのだと今ならわかる。

だが、そんなふうに見栄を張ったせいで、道端でカボチャを手に涙を流すはめになった。

「実は先週、恋人にふられてしまって。平気だと思って過ごしてたんですけど、意外にショックだったみたいで。もうふたり分の夕飯を作らなくてもよくなったのに、そのことを忘れて食材をふたり分買ってしまったことに気づいて、それであんなふうになったんです。……たかが失恋なのに、恥ずかしいですよね」

聞いてくれるというのならもうこの際話してしまえと、若菜は口を開いた。だが、やはり自分のみじめな事情を話すのは恥だと感じてしまう。もっと素直に同情を欲することができたら楽なのだけれど。

「まったく恥ずかしいことではないですよ。恋人と別れるのは、悲しいことですから。失恋って、ただ恋が終わるだけじゃなくて、それまで過ごしてきた居場所とか時間の喪失《そうしつ》に等しいと思うんです。それが悲しくないわけありませんよ。だから、思いきり悲しんでいいんです」

　店主は言葉を選び、真剣に話した。わかりやすい励まし方ではない。だが、その言葉は若菜の胸にしっかり届いた。

「そっか……居場所や時間の喪失《そうしつ》。だから、こんなに悲しかったんですね。それに、悔しかったんです。私はいきなり放り出されたのに、相手にはもう新しい居場所があるんですから……」

　言いながら、そうだったのかと納得する。悔しかったから、それが邪魔をして悲しむことができなかったのだと。

「ただふられただけじゃなくて、浮気されてたんです。……二股《ふたまた》をかけられて、その挙句《あげく》に私は捨てられた。三年近く付き合ったんですけど、選ばれたのは新しいほうの彼女だった。……確かに、付き合いたてのときのような刺激はなくなってたけど、好きだったのにって思うと悔しくて……」

一度素直に認めてしまったら、言葉は次から次へと溢《あふ》れ出た。言葉と一緒に、思いも涙も溢《あふ》れ出す。

元彼とは、友人の紹介で知り合った。情報通で、おいしいものをたくさん知っている人で、若菜と気が合って、すぐに付き合い始めた。ふたりでいろんなところへ出かけたし、口に出さなくても、彼は若菜の喜びそうなものを見つけてきてくれた。食べるのが好きな人だったから、若菜は彼のために様々な料理を作れるようになった。

喧嘩《けんか》もたくさんしたが、それ以上に笑い合って過ごしてきた三年。その思い出を彼が裏切って、簡単に捨て去ってしまったのが悲しくて悔しかったのだ。

「よくふられることを捨てられるって言いますけど、俺は違うと思います。お客さんは、捨てられたんじゃありません。人と人との縁にも賞味期限があって、その期限が過ぎるとぶつかることが増えたり、よくない影響を与え合ったりするようになるらしいです。だから、期限切れの縁はさっさと手放してしまったほうがいいそうです。……何かの聞きかじりですけど。とにかく、捨てられたとかではなく、よくない縁が切れたってことで、喜んでいいんですよ」

「そう、ですね」

若菜を励まそうと、店主は力強く言う。その気持ちが嬉しくて、若菜は涙を拭《ぬぐ》って微笑《ほほえ》んだ。

「何でも、おいしく食べられるときに食べてしまうのが一番ですよね。……カボチャ、おいしく食べられてよかったです。あのまま帰ってたら、きっと傷《いた》ませてだめにしちゃってました。ありがとうございます」

若菜は、ここに来る前よりずっと、心が軽くなったのを感じていた。この偶然の出会いに感謝する。

今ここにいなければ、若菜はこうして笑えなかったに違いない。打ちのめされたことに気づかぬまま、自分をごまかして日々を過ごしていたはずだ。そのせいで、立ち直るのにももっと時間がかかっただろう。

「今日は早くお出ししたいと思ったから、何だかまかないみたいなものになってしまってすみません」

若菜の笑顔と言葉に対し、店主は面映《おもは》ゆそうにした。

「私のほうこそ、不審者だったのに声をかけていただいて……。それにお料理、すごくおいしかったです。プロの方にこんなことを言うのは失礼かもしれませんが、お母さんのご飯って感じでした。優しくて、温かくて」

もしかしたらまだ開店したばかりでいまいち自信が持てないのだろうかと思い、若菜は感じたことを正直に述べた。

「そう言ってもらえて嬉しいです。世の中のお母さんって、ある意味どの料理人よりも食べる人のことを考えて作ってますから。俺もそうありたいと思ってますし、この店はおいしいご飯が必要な人を台所に招くくらいの感じでやっていきたいんです。だから、お母さんの料理っていうのは、最高の褒《ほ》め言葉です」

店主は屈託《くったく》なく、少年のように笑った。さっぱりとしたクール系の顔立ちをしているのに、そうやって笑うと可愛らしくなる。その笑顔にまた、若菜は元気をもらった。

「あの、私、茂木若菜と申します。フリーペーパーのグルメ記事の編集をしております」

いつまでも失恋カボチャ女ではいたくなくて、若菜はカバンから名刺を取り出した。

またここに来店したとき、〝カボチャの人〟とか〝失恋した人〟とかで思い出されるのが嫌だったのだ。

「茂木若菜さん……情報誌の方ですか。うち、取材はちょっと」

「あ、違います。そういった意図ではなく、ただ名乗りたかっただけなので」

「そうだったんですね。俺は古橋《ふるはし》です。古橋満《みつる》」

店主――古橋は若菜の名刺を見て焦《あせ》った様子だったが、取材の申し込みではないとわかるとほっとしたように名乗ってくれた。

確かに取材の意図はなかったが、そうあからさまに困った態度を見せられると若菜としては残念だった。

しかし、店内を見回せば納得だ。客が十人入るか入らないかのこぢんまりとした店が情報誌に載れば、あっという間にキャパシティオーバーになる。予約制にしたところで、うまく回していくのは難しいだろう。最初は一ヶ月待ち二ヶ月待ちでも我慢してもらえるかもしれないが、その待ち時間が明ける頃にはお客さんの多くは熱が冷めてしまっていた……というのはよくある。

そうして一時的に話題になっても常連客はつかず、結局店にとってあまりメリットがなかったということになりかねない。

それならここは、自分だけの隠れ家にしておこうと若菜は心に決めた。

「まんぷく処は、おひとりでやられてるんですか？」

「いや、皿洗ってくれたり掃除してくれたりするのがいるんですけど……今日は隠れてます」

「か、隠れてるんですか。恥ずかしがり屋なんですね」

変わり者ではあるようだが従業員がいるとわかって、若菜は少しほっとした。どんなに小さな店でも、やはりひとりで切り盛りするのは大変だろうから。こういういい店の店主には、無理せず長く続けてほしい。

「あ、もうこんな時間。長々と居座ってしまってすみません。お会計、お願いします」

腕時計を見ると、もう二時間以上ここにいる。おいしいものを食べて話を聞いてもらううちに、あっという間に時間が経っていた。

「会計……どうしよう。値段、決めてなかったからな。初来店サービス、ということじゃだめですかね？」

困った顔で尋《たず》ねてくる古橋に、若菜は首を横に振った。この店主はいい料理を作るし、接客態度も申し分ないが、商売っ気がないのが心配だ。

「ただでごちそうになるわけにはいきません。今日のところはこのくらいでいいですか？　次に来たときに、またうんとおいしいものを食べさせてください」

若菜はカウンターに二千円を置いた。たしか、小洒落《こじゃれ》たトラットリアでラザニアを食べたときは、このくらい支払った覚えがあるのだ。それよりも多少色をつけてはいるが。

「こんなにいただいて……ありがとうございます」

「ごちそうさまでした。本当に、おいしかったです」

名残《なごり》惜しいが、若菜は席を立った。古橋もカウンターの向こうから出てきたところを見ると、どうやら見送ってくれるらしい。

若菜がドアに向かって歩き出すと、また足元に毛玉がまとわりついた。

「あ……スネちゃん、またね」

「そっちはコスです」

よく見れば所々に茶色や黒色の毛が混じっている。先ほどの子とは違う個体のようだ。若菜が撫《な》でようとすると、またもぞもぞとどこかへ行ってしまった。

オーク材のドアを開けると、外は真っ暗だった。だが、すぐにパッと灯《あか》りがつく。外までついてきてくれた古橋が、灯《あか》りのほうを見てなぜか慌てた顔をした。その視線の先には、オレンジ色の光を放つ提灯《ちょうちん》があり、まんまるの目がついている。

「あっ……！」

「少し早いハロウィンの飾りですか？　可愛いですね」

どういう仕組みなのかわからないがふわふわ浮いているし、目もキョロキョロと動いている。最近はこんな凝《こ》ったものもあるのだなあと若菜は感心して見ていたが、古橋は何だか複雑な様子で微笑《ほほえ》んでいた。ハロウィンまで隠しておきたかったのかもしれない。

「おいしいご飯、ごちそうさまでした。それと愚痴《ぐち》まで聞いていただいて……。ありがとうございます。明日からまた、頑張れそうです」

若菜がペコッと頭を下げれば、古橋も深々とお辞儀《じぎ》を返してきた。

「またいつでも来てください。お待ちしてます」

自宅マンションに向かって、若菜は歩き始めた。スーパーからの帰り道と違い、足取りが軽いのを自覚する。

足取りが軽いのは、きっと心が軽いからだ。悲しみと悔しさを吐き出し、おいしいものでお腹が満たされ、幸せを感じることができている。

「……おいしかったなあ」

幸福な気持ちで、思わず呟《つぶや》いてしまう。

思いを込めて作った料理は、時に誰かを救うのだと若菜は改めて感じた。

だから、時間に余裕のあるときは手間暇《てまひま》かけて料理をしようと心に決めた。自分のために、自分のためだけに。

そして、また〝まんぷく処〟にも必ず行こうと決めた。古橋がどんな料理を作るか気になるし、何よりあの店の雰囲気が気に入ったから。

新たな楽しみが生まれたことで、若菜は明日を生きていく気力を取り戻したのだった。

第二話　マメに飾るより豆を食らいたい

若くてキラキラした女の子たちのＳＮＳを眺めながら、若菜は「何だかなあ」と心の中で溜息《ためいき》をついた。

ブランド物のバッグ、人気のコスメ、サロンで施《ほどこ》されたネイル、可愛らしいアートで飾られたカフェラテやふわふわクリームたっぷりのパンケーキ――女の子たちはたくさんの素敵なものを集めてＳＮＳという場所で披露《ひろう》している。

フォロワーが十万を超えるような人気者になると、その人のページはそれ自体がひとつのコンテンツとして成立する。見られることや魅《み》せることに執心《しゅうしん》しているから、その見せ方もうまい。

若菜は仕事のためのリサーチで食べ物を多く投稿しているページを主に見ているのだけれど、そのキラキラふわふわした食べ物写真の群れに、若干《じゃっかん》胸焼けがしてきた。

「ＳＮＳ映《ば》えするキラキラ可愛いフード特集かあ……」

編集長に振られたネタをもごもご復唱しても、アイデアの片鱗《へんりん》すら浮かばず胸がモヤモヤする。胸焼けなのかモヤモヤなのかあるいは両方なのか、わからないけれど若菜はとりあえず席を立った。このままデスクに詰めていても何か浮かぶとは思えない。

直近の締切《しめきり》はクリアしているし、チェックしなければならない写真はまだ送られてきていない。今なら少しくらい外出しても許されるだろう。他の社員たちも同じような状況なのか、今日はほとんどの人が出払っている。みんな気分転換と取材を兼ねて外出しているのだろう。

若菜が所属しているのは、七名ほどが在籍する小さな部署だ。それぞれ担当を持ち、グルメ、レジャー、美容などの記事で構成されるフリーペーパーを発行している。そこで若菜はグルメコーナーを担当しているのだ。人数が少ないぶん、企画出しも取材も原稿執筆もそのチェックも、担当者がひとりで行う。

企画出しのときに編集長から「若い女の子が喜びそうな、SNS映《ば》えするキラキラ可愛いフード特集やろうよ。若い女の子代表として茂木ちゃん、よろしくねー」などと言われたときから憂鬱《ゆううつ》だったのだけれど、いざこの企画に取りかかるとなると憂鬱《ゆううつ》どころの話ではない。

二十六歳は〝若い女の子〟というくくりに入るのか微妙だし、SNS映《ば》えする食べ物なんて苦手な部類だ。

カラフルなホイップがうずたかく盛られたパンケーキ、ベリーソースたっぷりのドーナツが乗ったドリンク、キュートな動物の形をしたアイスなど、見るぶんには楽しいし、仲のいい人と話題づくりのために食べるのならありだと思う。

でも、そういった食べ物を目で見たり、話題にしたりする以外の楽しみ方ができるかというと話は別だ。お腹を満たして幸せな気持ちを味わうものかどうかで考えると、違うなと感じる。

SNS映《ば》えする食べ物というのは、〝映《ば》え〟という言葉が示す通り見た目重視のものがほとんどだ。だからいざ食べてみても見た目以上の驚きを得られるものは少ない。テレビ番組のグルメコーナーでレポートするタレントが、うっかり「味は普通ですね」と言ってしまったのを見たことがあるけれど、その人の言う通り〝普通〟という感想を抱くことが多いのだ。ひどいときはそれ以下で、味の感想を述べるに足らないものもある。

それに、ＳＮＳ映《ば》えする食べ物というのは見た目のインパクトを重視するあまり、量がものすごく多かったり大きかったりする。そのせいで、食べきれずに残されたり捨てられたりすることもあるのだ。

そのことを責めようとは思わないけれど、取材のためとはいえ、とびきりおいしいわけではなく、食べ残されるかもしれない食べ物をリサーチするのは気が乗らなかった。

憂鬱《ゆううつ》な気分は加速していき、それはやがて将来の不安へとつながっていく。

（こんなんで本当にいつか、やりたいことをさせてもらえるのかな……）

若菜は食べることが好きだ。そして料理をすることも。だから転職して、今の会社に入ったのだ。

本来もっと別のことがしたくて現在の部署にいるのだけれど、グルメコーナーを頑張ればそれができるかもしれないと言われている。でも、ときどき不安になるのだ。本当に今歩いているこの道は、行きたい場所につながっているのだろうか、と。

（いかんいかん。弱気になるのは、お腹が空いてるせいね。腹が減っては戦《いくさ》はできぬって言うし、まずは腹ごしらえをしよう）

ひとまず何か食べに行こうと、若菜はお気に入りの店に向かった。

若菜が向かったのは、雑居《ざっきょ》ビルの一階にあるカレー屋。夜しか営業していないモツ鍋《なべ》屋を昼だけ間借りしているため、看板も店内のお品書きもモツ鍋《なべ》屋のものという変わった店だ。でも、ここで食べられるカレーは絶品で、若菜の秘密にしておきたい店のひとつだった。

「チキンカレーと、ラッシーをください」

「ミントラッシーっていうのを試作したんですけど、よかったらどうですか？」

席に着いてすぐやってきた店員に注文すると、その店員の女の子に笑顔で勧められた。

「ミントかあ。さっぱりしてそうですね。じゃあ、それで」

「かしこまりました」

本当は普通のラッシーが飲みたかったなあと思いつつも、にこやかに勧められると断りづらかった。それに、新しいものを試すのは大切なことだ。新しい店の開拓が必要なのはもちろんだが、安心して通えるいつもの店でも新しいメニューや食べたことがないメニューには手を出していかなければならない。そうすることで記事のアイデアや企画が生まれるのだ。

　注文したものが運ばれてくるまでの間に、若菜はスマホで情報収集を再開した。十代後半から二十代前半の女性に人気のアカウントを中心にチェックしているけれど、若菜の会社が出しているフリーペーパーの読者層とは微妙にずれている気がする。

　主な読者層であるアラサー以上の、しかも主婦層を狙おうとするなら、ただ単にキラキラしたポップなものでいくよりも、ちょっぴりラグジュアリーな要素を加えるかまたはナチュラル志向のもので特集を組んだほうがよさそうだ。ただ、そうするとわかりやすいインパクトに欠けそうなのが難しいところである。

「お待たせいたしました。チキンカレーとミントラッシーです」

「わあ。いただきます」

　悩み始めたところで頼んでいたものが運ばれてきて、若菜はスマホを置いた。食事のときくらいは仕事のことを忘れないと疲れてしまうし、何より集中しないと食べ物に失礼だと思っている。

　若菜はルゥと米の境界線にスプーンを入れ、両方を同時に口に運んだ。そうすることで米に絡《から》んだルゥの風味を楽しむことができる。

ここの店のカレーはビーフとポークとチキンの三種類があって、ビーフはコクのある深い味わい、ポークは昔ながらの親しみやすい甘口、そしてチキンはこだわりのスパイスが利《き》いた辛口になっている。全種類食べた上で、若菜はチキンカレーが一番のお気に入りになった。

(サラッとしてて食べやすいのに、鼻に抜けるスパイスの香りが強いんだよね。それに、あとから口いっぱいに広がる辛さがたまらない! うまい!)

チキンカレーはこうでなくてはと、若菜は心の中で叫ぶ。誰かに聞かせるものではないから、食レポというよりただの感想だ。だがこの仕事を始めてからは癖《くせ》になってしまい、食事中はいつも頭の中がこういった文字でいっぱいなのだ。

「うう、辛い。……ラッシーを飲めばいいのか」

口の中がヒリヒリして、うっすらかいた汗を拭《ぬぐ》った。そのときになって、若菜はようやくラッシーを頼んでいたことを思い出す。

ミントラッシーというけれど、色はうっすら緑がかっているだけだ。目を凝《こ》らせば何やらツブツブしたものが見えるものの、表面に添えられた葉くらいしかミント要素はない。

ちょっと地味だなと思いつつひと口飲んで、若菜はその味に感激した。

「爽《さわ》やか……」

基本は飲むヨーグルトに似たごく普通のラッシーの味なのだけれど、そこにミントが加わることでさっぱりとした印象になる。その爽《さわ》やかさが口の中の辛味を和《やわ》らげてくれ、あとに清涼感が残る。ここの店のラッシーは本格志向で甘みが強く濃厚なのだけれど、ミントの爽《さわ》やかさがそれを抑《おさ》えているから、こちらのほうが飲みやすいと感じる人もいるかもしれない。

若菜はチキンカレーのスパイシーさとミントラッシーの爽《さわ》やかさを交互に楽しみながら完食した。

「ごちそうさまでした。おいしかったです」

「ミントラッシー、どうでしたか？」

「すごくよかったです。これからチキンカレーとはいつもセットで頼みたいくらい。辛いものによく合うと思います」

「よかったー。じゃあメニューに追加しちゃおう」

会計のときに感想を述べると、店員の女の子は嬉しそうに笑って〝ミントラッシー〟と書いたマスキングテープをメニュー表に貼りつけていた。もともとメニュー自体も手作り感溢《あふ》れるものなのだけれど、そうやってマステを貼るとさらにその感じが増す。

(手作り感といえば、あのお店も温かでいいお店だったな。料理のお値段を決めてないのが気になるけど)

若菜はふと、あの夜に訪れた不思議なレストラン——まんぷく処のことを思い出した。

道端で泣いていた若菜を見かねて、店主である男性が店まで連れていってくれたのだ。そのときに食べさせてもらったカボチャクリームのドリアは、優しい味わいだった。こぢんまりとした店内の雰囲気も、足元にまとわりついてきたふわふわの生き物も、また行きたいと思わせる要素だった。

「今夜あたり、また行ってみようかな」

そんなことを考えると、カレーを食べてお腹がいっぱいのはずなのに、若菜は夕食が待ち遠しくなってしまった。

　まんぷく処に行くことを考えてわくわくしていた若菜だったけれど、結局会社を出ることができたのは二十時を回ってからだった。

「こんばんは。まだオーダーってできますか？」

　不揃《ふぞろ》いに並んだ石畳の上を足早に進み、重厚なオーク材のドアを開けると、若菜は開口一番に尋《たず》ねた。時刻は二十一時過ぎ。早いところならラストオーダーが終わっていてもおかしくない。

「いらっしゃいませ。まだ大丈夫ですよ」

「よかったー」

「また来てくれたんですね」

　店主の古橋は若菜を見て嬉しそうにした。その柔らかな笑顔と店内のほの明るい照明に導かれて、若菜はカウンター席に座った。

「ここのお料理と雰囲気が気に入って、また来ちゃいました」

「来ていただけて嬉しいです。ご近所さんだから、もしかしたらとは思ってたんですけど」

古橋はニコニコしながら言う。人懐《ひとなつ》っこい笑顔だ。

歓迎するとでもいうように、足元にあの毛玉がまとわりついてくる。だが、姿を確認しようとすると、そそくさと隠れてしまった。

「今夜は何かおすすめはありますか?」

「豆腐づくしのメニューをおすすめしてます。いいお豆腐が入ったので」

「じゃあ、それをお願いします」

注文してから、若菜は静かに店内を見回した。いくつかのテーブル席にはさっきまで客がいたような気配があるけれど、今はカウンター席にひとりいるだけだ。小さな店だから混んでいなくてよかったなと思う。繁盛《はんじょう》していてほしいけれど、こうしてゆっくり隠れ家気分を味わえるのもいい。

古橋は若菜の料理を作りながら、カウンターに座るもうひとりの客のほうをチラチラ見ていた。その客は酔っているのか疲れているのか、カウンターに頭がつきそうなほどうなだれている。

「お待たせしました。まずはカプレーゼ風冷奴《ひややっこ》です」

「わあ、可愛い!」

青いガラスの小鉢に盛られて出てきたのは、カットトマトと刻んだバジルが乗った豆腐だ。カプレーゼ風と言うだけあって、その盛りつけで出されると豆腐がモッツァレラチーズに見えてくる。

「いただきます。……オリーブオイルがかかってるのかと思ったら、細かい鰹節《かつおぶし》とお醤油？　でもそれだけじゃないさっぱりとした風味がありますね」

「それ、梅カツオのドレッシングなんです。それをかけてサラダをお出しすると、みなさんどんどん食べてくださるのでこの冷奴《ひややっこ》にもかけてみました」

「すっごくおいしいです！　大根サラダにかけても絶対おいしいし、長芋を拍子木《ひょうしぎ》切りにしたものにかけても合いますね。このドレッシングの作り方、知りたい……」

「秘密です。ここに来てたくさん食べてくださいね」

冷奴《ひややっこ》とドレッシングのおいしさに感激する若菜に、古橋は笑顔で言った。さすがは店主だ。うまいなあと若菜は思う。

「お次は揚げ出し豆腐です」

「ちっちゃい！　ひと口サイズなんですね」

「豆腐づくしでいろいろ食べていただこうと思って、ひとつひとつを小さめにしてます」

「おいしい！　小さいから出汁《だし》醤油がよく絡《から》んでて。それにこの出汁《だし》醤油がほんのり甘いのもいいですね」

乗せられた大根おろしと共に揚げ出し豆腐を口に運び、若菜はうっとりした。砂糖醤油というほど甘いわけではないのだけれど、ほのかに感じる甘みというのは、気持ちをほっとさせてくれるものだ。これは普通の出汁《だし》醤油よりも、次々箸《はし》が伸びてしまう。

「お次は麻婆《マーボー》豆腐です」

「あれ？　あまり赤くないんですね」

「そうなんです。和風仕立てにしてみました」

「和風ですか！」

肉豆腐っぽい見た目だなと思いつつそれをレンゲですくって食べて、若菜は目を見開いた。

「ちゃんとほんのり辛くておいしいですね。豆板醤《トウバンジャン》とかは入ってなさそうなのに」

すき焼き風の味を想像していた若菜は、その期待を見事に裏切られた。

口に含んですぐに感じるのは甘辛い餡《あん》の味なのだけれど、そのあとから鼻に抜けるピリッとした辛味がくるのだ。

「山椒《さんしょう》と生姜《しょうが》なんですよ。これがいい仕事をしてくれるんですよね」

「本当、いい仕事ですね。おいしいです」

それはあとを引くおいしさで、若菜はあっという間に平《たい》らげてしまった。ご飯が恋しくなってしまう。もしここに白米があれば、いつもより食べてしまいそうだ。

「では、最後は湯豆腐です。ポン酢には一味唐辛子やもみじおろしを入れて食べてもおいしいですよ」

「湯豆腐、いいですね。涼しくなってきたから、食べたいなと思っていたんです」

「取り寄せた温泉水で作ってるんで、角が取れて柔らかいんですよ」

「本当だ！　温泉湯豆腐が食べられるなんて嬉しいです」

目の前に出された小さな土鍋《どなべ》の中には、乳白色《にゅうはくしょく》の湯に浮かぶとろりとした豆腐。

それを杓子《しゃくし》ですくってポン酢にくぐらせてから食べると、豆腐とポン酢の香りが口いっぱいに広がり、咀嚼《そしゃく》せずともほろっと崩れて喉《のど》をすべり落ちていく。

そのあまりの柔らかさと口どけに、若菜の脳裏《のうり》には「豆腐は飲み物」という言葉が浮かんだけれど、古橋に通じなかったら恥ずかしいから言わずにおいた。黙って薬味《やくみ》を足し、残りの豆腐もおいしくいただく。

「まだお腹に余裕はありますか？　豆腐のアイスがあるんですけど」

「食べます！　甘いものは別腹なんで」

「よかった」

目を輝かせる若菜を嬉しそうに見て、古橋は素焼きの器《うつわ》に盛りつけたアイスクリームを出した。

白っぽいアイスクリームの上には柚子《ゆず》ジャムがかかっており、よく見ると中にも何やらツブツブしたものがある。

「レアチーズっぽい味なんですね。でも、普通のチーズ系のアイスよりさっぱりして食べやすいです。お豆腐のおかげですね。んー、おいしい！」

湯豆腐で温まった身体にアイスクリームの冷たさは心地よく、柚子《ゆず》ジャムと中に入ったチーズの酸味が口の中をさっぱりさせてくれる。ひとさじひとさじ大切にすくって食べ終わる頃には、若菜は身も心も満たされ、仕事の疲れもいくらか癒《い》えていた。

「ごちそうさまでした。今日のお料理も、本当においしかったです」

「それはよかったです」

「京都旅行でお豆腐料理のコースを食べたことがあるんですけど、それに負けないくらいおいしかったです。大豆《だいず》の味や香りが残ってて、それらが主張しすぎずポン酢や薬味《やくみ》ともマッチしてて。いいお豆腐が手に入ったって言ってましたけど、きっと豆から何からこだわって、大事に作られてるんだろうなあ」

心の底から感激して、しみじみと若菜は言った。本当においしいものを食べたとき、それを料理した人にはもちろん、食材を作った人にも感謝したくなる。

「そうなんですよー！　豆から！　大豆《だいず》から！　洗うところから！　こだわって大事にしてるんですよー！」

「え……？」

カウンター席でうなだれていた客が、若菜の言葉に感極《かんきわ》まったというようにガタッと立ち上がった。

その叫んだ内容もさることながら、叫んだ人物の姿に若菜は驚いてしまった。

「え、なに……？」

小柄で骨ばった身体つき、白目が黄みがかってギョロッとした双眸《そうぼう》、枝のような指先から伸びる鋭い爪。

それらひとつひとつの特徴が、目の前の人物が人間ではないと言っている。

「……妖怪？」

聞いたところで何にもならないと思ったけれど、若菜はつい尋《たず》ねてしまっていた。その瞬間、手にも背中にもぶわっと汗が噴き出した。冷静でいるべきだ、怖がってはいけないと思いながらも、それは難しいだろうと頭の隅《すみ》で考える。

「そうです。あっしは小豆《あずき》洗いでござんす」

若菜の問いかけに、目の前の人物は笑顔で答えた。

それによって若菜の中で最後に残っていた何かがふっつりと切れてしまう。

「あ、お嬢さん……」

「茂木さん⁉　茂木さん！」

妖怪を前にした驚きと恐怖とで、若菜はふらりとその場に倒れてしまった。古橋がとっさに駆け寄ってきて自分を呼ぶのはわかったけれど、それに応えることもできぬまま若菜は気を失った。

次に目を覚ましたとき視界に入ったのは、見慣れない天井だった。でも、ほっと落ち着く照明やほんのり漂《ただよ》っているおいしそうな匂いから、ここがまんぷく処なのだとわかる。

「茂木さん、気がつきましたか？」

「あの、どのくらい気を失ってたんですか？」

「たぶん五分も経ってないです。とりあえず寝かせてみたんですけど、目覚めてくれてよかったです」

「……すみません」

若菜は自分が椅子を並べた簡易ベッドに寝かされていたことに気がついて、ペコリと頭を下げた。食事処《どころ》で倒れてしまうなんて恥ずかしい。

でも、古橋は若菜の言葉に申し訳なさそうに首を横に振った。

「こちらこそ、すみませんでした。こういう店だということを、もっと早くに言っておくべきだったのに」

「こういう店って……」

「うちは人間だけでなく、妖怪も訪れる店なんです。というより、妖怪のほうが圧倒的に多いかも」

古橋に言われて店内を見回した若菜は、また倒れそうになった。どうやら、仕事の疲れによって幻覚を見たわけではないようだ。

店内には、先ほど若菜を驚かせた小豆洗《あずき》いだけでなく、頭に皿を乗せた河童《かっぱ》らしき人、ひとつ目でニッコリした提灯《ちょうちん》がいる。少し気の早いハロウィンの飾りかと思っていた提灯《ちょうちん》も、どうやら妖怪だったらしい。やけによくできているとは思っていたのだ。

「こちらは常連の小豆《あずき》洗いの新井《あらい》さん、それと彼らがうちの従業員で皿洗い担当の河童《かっぱ》の流川《るかわ》さんと、照明担当の提灯《ちょうちん》お化けの明野《あけの》さんです。そして、スネコスリのスネとコスとリーです」

「小豆《あずき》洗いと、河童《かっぱ》と、提灯《ちょうちん》お化けと、スネコスリ……」

若菜は倒れそうになるのを何とかこらえ、改めてその場にいるメンツの姿を見る。妖怪だ。間違いなく。スネコスリにいたっては、そういう動物だと言われれば信じてしまいそうだけれど。

「彼らは妖怪ではありますが、人間と変わらないというか、害をなす人たちではないので、今後も懲《こ》りずに来店していただけたらと思うんですけど……。茂木さんにはおいしそうに、丁寧に食べていただけて作りがいがありますので」

古橋は控えめに、でもすがるように言ってくる。若菜としてもここの料理が食べられなくなるのは嫌だから、妖怪のことは……慣れるか気にしなければいいと前向きに考えてみる。

「あんなにおいしそうに豆腐を食べるお嬢さんが、あっしが驚かせたばっかりにもうここに来てくれなくなるなんて……うぅ」

なぜかわからないけれど、小豆《あずき》洗いの新井が若菜を見て泣き始めた。もともと、この騒動の前から元気がなさそうだったから、何か刺激してしまったのかもしれない。

「あっしみたいなのがこの店に来ないほうが、大将のためになるってわかってるんです。あっしのような妖怪でもこうして食事をとりたい。そうは言っても普通の店じゃ無理だ。だからこそ、この店に通わせてもらってるんです。それに、自分が働く店の豆腐がどんなふうに料理されるかを見届けたい気持ちもあるんですよ……」

新井は何かに苦悩するように、頭を抱えた。その苦しげな呟《つぶや》きを聞いた若菜は、驚いて倒れてしまったことに罪悪感を覚えた。

「新井さんは豆腐屋さんで働いてるんですよ。でも、小豆《あずき》洗いなのに豆腐屋で大豆《だいず》を洗ってていいのかと悩んでたので、茂木さんが自分の店の豆腐をおいしそうに食べる姿に感激したみたいなんです」

「そうです！　日頃、働いてる店の豆腐がどんなふうに食べられているかなんて知るよしもありませんでしたから、食べる姿を、喜ぶ姿を間近で見られたのが嬉しかったんです！」

古橋が説明すると、新井は拳《こぶし》を握りしめて言い添えた。本当に嬉しかったのだろう。心なしか猫背が伸びているし、表情からは憂《うれ》いが晴れているように見える。

「そうだったんですか……妖怪さんにも、いろいろあるんですね。人間も妖怪も、暮らしていくためには多少は不本意な仕事もしなくちゃいけないってことですね」

新井が自分と同じように仕事に悩んでいるとわかって、若菜はちょっぴり親近感を抱いた。妖怪もいろいろ大変なんだと思うと、そんなに怖い存在ではなくなる。

「『も』ってことは、茂木さんも何かお悩みなんですか？」

噛みしめるように言った若菜を、古橋が心配そうに見てきた。

「実は、次の特集記事のことで少し悩んでて。SNS映《ば》えするキラキラな食べ物特集なんですけど、実はああいった見た目重視の食べ物があんまり得意ではないんですよね。だから気持ちが乗らないというか」

「そういうことだったんですね。……確かに、しっかりきちんと食べたい人には向かない食べ物な気がしますね。何というか、若い女性たちが好んでいるああいう食べ物は可愛い霞《かすみ》とでも言うんでしょうか」

「可愛い霞《かすみ》！　まさにそうです！　私は仙人じゃないんで、もっと血肉になるものを食べたいし、できればお腹もきちんと満たされる食べ物の情報をお届けしたいなって思うんですよ」

古橋のたとえが絶妙で、若菜は思わず膝《ひざ》を打った。その言葉のおかげで、モヤモヤしていたものを言語化することができた。言語化できると、少しだけすっきりした気がする。

「あの、見た目重視の食べ物を特集するのが嫌なら、おいしさを保証できるお店の、見た目が華やかなメニューを探して特集するのはどうです？」

「……それです！」

新井が恐る恐るといった様子で発した言葉に、若菜は食いついた。SNS映《ば》えといってもいろいろだ。十代の女の子をターゲットにするわけではないのだから、何もキラキラふわふわしている必要はない。

「普通のお店にも盛りつけが凝《こ》ってたり、きれいだったりするお料理ってありますもんね。目から鱗《うろこ》でした。それなら、気になってチェックしてたお店とかお気に入りのお店から、可愛いメニューをピックアップすればいいですよね」

古橋のおかげでモヤモヤが晴れ、新井のおかげで突破口《とっぱこう》が見えた。あのままひとりで悩んでいたら、きっといつまで経っても見えてこなかったものだ。

妖怪の存在には驚いてしまったけれど、今夜ここに来てよかったなと若菜は思った。

「実は私も他にやりたいことがあって、そこにたどり着くために今の仕事をしてるんですけど、ときどきこれでいいのかなって迷うときがあるんです。でも、とりあえず頑張るしかないんで、新井さんもめげずに頑張ってくださいね。新井さんが洗った大《だい》豆《ず》で作られたお豆腐、私は大好きです」

若菜はお礼の意味を込めて新井に言った。豆腐の感想だけであんなに喜んでくれたのだ。もしかしたら、ちょっとした励ましでも助けになるかもしれない。

ほんの少しの言葉で救われるというのは、きっと人間も妖怪も同じはずだから。

「……はい！　頑張ります！　大豆洗《だいず》うのも、嫌いじゃないんで。ときどき小豆《あずき》を洗いながら、これからもやっていきます」

新井はまた涙ぐみながら、大きく何度も頷《うなず》いた。生きていくためにやりたいことは違うことを仕事にせねばならないのは人間だけではないのだなと思って、若菜は苦笑すると共に何となく慰《なぐさ》められた。

「ごちそうさまでした。あ、あなたは明野さんでしたよね？」

会計を済ませてドアの外に出ると、待ち構えていたように提灯《ちょうちん》お化けの明野がいた。ひとつ目なのは見慣れないけれど、ニッコリした口元やそこからちょろっと出た舌には愛嬌《あいきょう》があると思えてくる。

「もしかして、お見送りをしてくれるんですか？」

若菜が尋《たず》ねると、明野は答える代わりにふよふよと上下に動いた。どうやらそういうことらしい。お言葉に甘えて、若菜は敷地《しきち》の外までついてきてもらうことにした。

おいしい料理を食べて、妖怪に驚いて倒れて、その妖怪に励まされて悩みが解消されて……信じられないような夜だった。でも、若菜の心はすっきりして、そして満たされていた。

「ここ、いいお店ですね。また来ます。妖怪も安心して食事できるなんて……うん、やっぱりいいお店だ」

通りへ出たところで若菜は明野にペコリと頭を下げた。

そして、疲れたらまた来よう——そう心に誓って、家路《いえじ》をたどった。

第三話　懐《ふところ》深さは生きやすさ

ボールペンを投げたい、ボールペンを折りたい、何ならボールペンを刺しちゃいたい――内心で怒りにわなわな震えながら、若菜は編集長の話を聞いていた。

「だからね、茂木ちゃん。こう、臨場感溢《あふ》れるロマンチックなデートスポット特集をしてほしいわけよ」

「デートスポット特集はわかります。でも、臨場感は必要なんでしょうか?」

「必要だよ、必要。だってさ、記事を読んだ人が自分のデートを想像できるようなものにしないと。というわけで、何ヶ所か彼氏と行っておいでよ。付き合い長いんでしょ? ここらで決めとかないと、結婚できなくなるよぉ」

編集長はニヤニヤしながら言って、若菜の腰をポンポンと叩いた。いやらしいことに、腰とお尻の中間あたりを狙っている。

(触んないでよ! そこ、触っても面白くないでしょ! てか、臨場感っている?

お尻ポンポンいる？　絶対にいらないでしょー？）

　本当はお腹の底から叫び出したいのをグッとこらえて、若菜は必死で真顔を取り繕《つくろ》った。さすがに笑顔は作れない。でも、怒りを面《おもて》に出さなかったことは褒《ほ》められてもいいはずだ。

「わかりました。頑張りますー」

　さらにお尻を触ろうとする手からするりと逃れ、若菜は自分の席に戻った。

　本当なら、断固《だんこ》抗議すべきなのだろう。でも、抗議したところで結婚のことについては「アドバイスしただけ」と言われ、セクハラについては「ただのスキンシップだよ」などと言い逃れされるのはわかっている。

　デートスポットの特集をするのは半年に一度の会議で決まっていたことだから、それについて異を唱えるつもりもなければ不満もない。企画が決まったときは、楽しみでさえあったのだ。

　でも、デートという単語に絡《から》めて恋人の話題を持ち出されるのも、「結婚できなくなるよ」などと言われるのも納得がいかない。

　別れたことを上司にいちいち報告していないから、彼氏がいるという前提で話されてしまうのは仕方がないと言えなくもない。百歩どころか、五万歩くらい譲《ゆず》ってようやくだけれど。

でも、だが、しかし！「結婚できなくなるよ」と言われる必要はあったのか？いや、断じてない！

デスクでパソコンに向かって仕事をしようにも、腹が立ってしまってなかなか集中できない。いつだってスケジュールはギリギリで回しているし、来月に入れば年末進行に突入するというのに。だが記事の校正やら写真の選出やら次の記事のための取材やらを同時進行でさばきたくなかったら、パズルゲームのように上からブロックが落ちてくるたびにこまめに消しておくしかない。天辺《てっぺん》まで積み上がって、ゲームオーバーなんてごめんだ。

「茂木さん、茂木さーん」

怒りで頭をいっぱいにしながらも何とか仕事に取り組んでいると、不意に肩をツンツンつつかれた。振り返るとそこには、後輩社員の小林唯《こばやしゆい》がいた。

「小林さん……どうかしましたか？」

「これから一緒にお茶でもどうかなって」

「お茶ですか。でも、まだ仕事があまり進んでなくて……」

「だからですよー。息抜きに行きましょ。それに、外でできる仕事もありますよね？」

小林は肩までのショコラブラウンの髪を揺らして、可愛らしく笑う。今日も黒目を大きく見せるカラコンに付け睫毛《まつげ》、ぽってりとした赤いリップが特徴の、お人形のようなぱっちりメイクだ。そのメイクや自由な性格が、十代の女の子から支持されているという、テレビでよく見るモデルの子に似ている。

美容のページを担当している小林はおしゃれや流行《はや》り物に敏感で、ちょっぴり軽薄な印象ではあるものの、そのぶん空気を読むのに長《た》けていると思う。つまり、今の若菜は彼女に気を遣わせてしまっているということだろう。

「そうですね。じゃあ、ご一緒します」

「よし！　スタベ行きましょ、スタベ。毎年クリスマスドリンクが出るじゃないですか。今年のも気になってるんですよねー」

あくまで一緒にお茶に行くというていで、さりげなく誘ってくれる。そのことに感謝しつつ、若菜は小林のあとに続いた。

おしゃれの代名詞的コーヒーチェーン店はひと足先にクリスマスの飾りが施《ほどこ》されており、華やかでにぎやかな雰囲気になっている。彼氏がいた頃なら、その飾りつけを目にすればクリスマスデートのことを考えて楽しい気分になっただろう。

でも今は、「ハロウィンが終わったらすぐにクリスマスかー。はー、どっこも商売は大変だなあー」という感想しか浮かばない。

ハロウィンはまだいいけれど、日本のクリスマスは恋人がいない者にはとんと縁のないイベントだ。

「なーんか茂木さん、やさぐれてません？　可愛いドリンク片手にする顔じゃないですよー」

注文した飲み物を受け取って席に着くと、小林が若菜の眉間《みけん》を指さして笑った。そこにそっと指を当てると、深い皺《しわ》が刻まれている。若菜は苦笑いで返して、その皺《しわ》を揉《も》みほぐした。

「やさぐれてはないけど、疲れてはいるかなーって感じです。それで余裕がなくなっちゃうと、編集長の発言にもムカムカしちゃうっていうか」

「彼氏のこととか結婚のこととか言われるとうざいですよねー」

小林はホイップ増量で頼んだ甘そうなクリスマスドリンクを飲みながら相槌《あいづち》を打つ。器用なことに、口にクリームをつけていない。ツヤツヤした赤いリップが取れた様子もない。そのやり方がわからないから、若菜は気をつけてキャラメルラテをすすった。

「でも、悠長《ゆうちょう》に構えてると結婚できなくなるぞっていうのは私も同意ですよ。てか茂木さん、彼氏と別れたでしょ？　私、茂木さんのことよく見てるから、わかるんです」

「うっ」

不意打ちを食らった若菜はキャラメルラテを噴き出しそうになった。小林のほうを見れば相変わらずの可愛らしい顔で、悪意は感じられないし悪びれた様子もない。つまり攻撃ではなく、ただの会話のキャッチボールのようだ。

「えっと、うん……実はそうなんだよね」

「ですよね。一ヶ月くらい前ですか？」

「そんなことまでわかるの⁉」

「わかりますよー。だって茂木さん、〝今日は特別〟って日がなくなりましたもん。どれだけおしゃれな人でも、やっぱりデートの日には〝さらに一段上のおしゃれ〟みたいな日があるものなんですよ。だからそれを見たら『あ、今日はデートだな』とか『彼が家に来てるんだな』とかわかるんです。でも最近の茂木さん、ルーチンでおしゃれしてるの丸わかりですもん。とりあえずこれとこれを組み合わせときゃ外さない、みたいな」

「……そっか」

鋭い指摘を受けて、若菜はその場にうずくまりたくなった。

小林の言ったことは、まったくもってその通りだ。

この一ヶ月は、楽しんで服選びをすることなどなかった。新しい服を買い足すことも。ただ見苦しくないように手持ちの服を組み合わせ、きちんと化粧をするだけだ。この前彼と会ったときはこれを着たから別のにしようとか、これを着たら可愛いと言われたとか、そんなことを思い出しながら服を選ぶことがなくなっていた。

「とりあえず服を着なきゃ外に出られないし、ダサい格好をするわけにはいかないから、手持ちの服を組み合わせることで日々をしのいでました。感覚としてはパズルゲームみたいですよね。クリアしたところでスコアが表示されるわけでも楽しいわけでもないんですけど」

ズゥーンと沈み込んだまま若菜は言う。この一ヶ月、余計なことは考えず、無心であらゆることをこなしてきたというのに、小林の指摘によって失恋の悲しみや彼氏がいないという事実をはっきりと自覚させられてしまった。

気遣いができるはずなのに、なぜ触れずにいてくれなかったのだろうかと、若菜は心の中で小林をちょっぴり恨《うら》む。

「茂木さん、しょぼくれてる場合じゃないですよ。恋愛なんてトライ&エラーです。だめだったら、すぐ次に行かなくちゃ。そうしていかにたくさんデータを集められるかが大事なんです。いいもの悪いもの含めてたくさんの男を見ておいたら、結婚相手を選ぶとき失敗しないと思うんですよね。だから恋人と別れたら『はい、データ取れた』ってすぐ次に行くのが正解です。引きずるのなんてムダムダ！」

「な、なんて打算的な……」

若菜は小林の発言を聞いて、何とも言えない苦い気持ちになった。その苦さは、キャラメルラテを飲んだくらいではどうにもできない。

「打算だろうが計算だろうが、どうとでも言ってください。私、絶対に結婚したいし、結婚したなら幸せになりたいから失敗したくないんですよ。で、自分の周りを見てみたときに十代、二十代の頃ガッツリ男遊びを含めて恋愛してる人は夫選びを失敗してないし、逆にひとりの人と長く付き合って結婚した人って失敗してるケースが多いんです」

「そ、そういうものなの？」

「そういうものです！　人を見る目がもともと備《そな》わっているならいざ知らず、私はそういうの自信ないんで数をこなさないと。これは私なりの努力なわけですよ」

「そっかあ……」

　小林のエネルギッシュさに圧倒され、若菜は呆然《ぼうぜん》としてしまった。もはやキャラメルラテの味は感じない。微妙なぬるさの泥水をすすっている気分だ。

「茂木さんも結婚したいんですよね？　だったら、もたもたしてちゃだめですよ。復縁の可能性があるわけでもないのに次に行かないなんて、ありえないですから」

　可愛い顔でびしっと若菜に指を突きつけて小林は言う。だがそんなふうに真正面から問われると、若菜はわからなくなって首を傾《かし》げた。

「結婚、したいんですかね？」

「は？　何言ってんですか？　……いいですか？　独身の人が増えたり晩婚化が進ん

だりしてはいますけど、別にその生き方が正しいとされてるわけでも生きやすいわけでもないですからね。何だかんだ、結婚できるならしといたほうがいいに決まってるんですよ。『結婚しないぞ！』っていう確固たる意志や信念がある人以外は。大多数がしてることなんだから、右へ倣《なら》えでやっとかないと。人と違う道を歩くのってしんどいでしょ？　だから、結婚したほうがいいですって。茂木さんって別に確固たる意志とか信念とかなさそうですし」

「まあ、確かに、そうですね」

「そうですよ。でも、結婚すればみんな幸せになれるわけじゃなくて、幸せな結婚とそうじゃない結婚があるわけですから、前者を勝ち取るためには努力あるのみって話ですよ」

「そ、そっかあ……」

よくわからないけれど小林の勢いに押され、若菜はうんうん頷《うなず》くしかなかった。あまり納得していないし共感もできないのだが、下手に反論しないほうがよさそうだ。

（結婚……結婚かあ。結婚って、しなくちゃいけないものなのかな……）

会社に戻って仕事を再開してからも、若菜は半ば洗脳《なか》されたように、そんなことで頭がいっぱいだった。

結果的に編集長からのセクハラよりも小林とのお茶で疲れてしまったなと、若菜は帰路《きろ》につきながらぐったりしていた。

こんなときは何かおいしいものを食べて癒《い》やされたいなあと思ったときに、頭に浮かんだのはまんぷく処だった。

妖怪がいるというのが、まだやっぱり気になる。でも、古橋が作ってくれるおいしくて親しみやすい料理と、彼のほのぼのとした雰囲気、店の居心地のよさなどを考えると、妖怪がいることくらい気にならない……と思う。

若干《じゃっかん》の迷いを抱えつつも、若菜の足はしっかりとまんぷく処へ向かっており、細い路地を進むと提灯《ちょうちん》お化けの温かなオレンジ色の光が出迎えてくれた。

「こんばんは」

若菜が声をかけると、提灯《ちょうちん》お化けはふよふよと上下に揺れた。もともと愛想のいい顔をしているからわかりにくいけれど、どうやら歓迎してくれているらしい。

提灯《ちょうちん》お化けに付き添われて石畳の上を歩き、若菜は重厚なオーク材のドアを開けた。

「いらっしゃいませ」

「こんばんは」

「外は寒かったでしょう。中で温まってください」

「はい」

古橋の柔和《にゅうわ》な顔を見て、若菜は少しほっとした。そして、店内の暖かさによって、寒い中を歩いていたことに気づく。昼間スタベに行ったときは十一月なのにもうクリスマスの飾りつけか、なんて思っていたけれど、季節は刻一刻《こくいっこく》と冬に向かっているようだ。

「今夜のおすすめは何ですか？」

「つけ麺《めん》です。つけ汁がまだ試作段階なのですが、そのぶん三種のつけ汁をお試しいただけるようになってます」

「つけ麺《めん》ですか！　そういえばまだあまり食べたことがないんですよね。何年か前にすごくブームになりましたけど。じゃあ、楽しそうなのでそれで」

「かしこまりました。少々お待ちください」

若菜は古橋が出してくれたお茶を飲んでほっとひと息ついた。食後にお茶を出してくれる店もあるけれど、こうやって食事を待つ間のお茶もおいしい。

（結婚したら、誰かとこうしてお茶を飲んだり向かい合って何か話したりするんだろうなあ。そういうことを考えると、いいものかなとは思うんだけど）

若菜の思考は、相変わらず小林との会話を引きずっている。もともと結婚願望はあまりないほうだけれど、ああして熱弁を振るわれると考えさせられてしまう。

小林の言う通り、若菜には別に「結婚しない」という確固たる意志や信念があるわけではない。人と違う道を歩むことが大変なことも、もう大人であるからわかっている。他人からとやかく言われるのは面倒だし、それを想像すると結婚したほうがいいような気もしていた。

でも、そうやっていわゆる一般論というものに迎合《げいごう》しようとすると、何となく居心地が悪くて嫌になってしまう。

「茂木さん、疲れてますね。今日もお仕事が大変だったんですか？」

「えっ？　あ……今日の疲れは仕事の疲れというより、気疲れといいますか。職場の後輩とお茶をしに行ったんですけど、そのときに結婚の話をかなりされてしまって」

湯呑《ゆのみ》片手にじっと考え込んでいたからだろう。古橋に心配されてしまった。若菜はどうしようか迷ったが、古橋にはすでに失恋のことを知られているので、小林に言われたことを正直に話した。

「それは、何というか……大変でしたね。茂木さんはまだ恋人とお別れして日も浅いですから、あまり触れられたくなかった話題でしょう？」

調理をしながらも話を聞いてくれた古橋は、心底同情したように言った。眉を八の字にした悲しげな顔で見られて、若菜は逆に申し訳なくなった。

「もう一ヶ月経つので、そこまで悲しいとかはないんですけど、ただその後輩が言うようにすぐ次に行く気にはなれないなと思いまして」

「それはそうでしょう。何事も痛手を負ったら、まずは回復に努めるのが当然なんですから」

「そうですよね。それに、結婚がすべてだとはどうしても思えなくて……」

古橋に励まされた若菜が小林に言えなかった本音をポロッともらしたところで、店のドアが開いた。

「おひさー。みっちゃん、やってるー？」

冷たい外気と共に入ってきたのは、派手な出で立《い》ちをした背の高い人物だった。金色のボブヘアにヒョウ柄のコート、がっしりとした脚を包む網タイツ、スパンコールで覆《おお》われたキラキラのピンヒール。

その派手な服装につい見込ってしまった若菜は、その人物とばっちり目が合った。

「あら、やだ、人間？」

「え……ということは妖怪？」

真っ青なアイシャドーに彩《いろど》られた目で見つめられて、若菜はとっさに変な問いを投げ返してしまう。するとその人は、たくましい頬《ほお》の輪郭《りんかく》を小さな子供のようにぷぅとふくらませた。

「ひっどい！　誰が化け物よ！」

「す、すみません……！」

「ま、あたし、ろくろ首なんだけどぉ〜」

失礼なことを言ってしまったと思って若菜が慌てると、その人はケラケラ笑いながら首をぬ〜と伸ばしてみせた。それを見た若菜は驚いて口をパクパクさせ、ここがそういう店だということを思い出す。

「マリアンヌさん、あまり他のお客さんを驚かせないでください」

「ごめんごめん。人間のお客なんて珍しいから、挨拶《あいさつ》代わりに驚かせないとと思って。……で、この子はみっちゃんの彼女？」

「違いますよ。最近来てくれるようになった茂木さんです」

「どうも～。妖怪でオネエっていう難儀《なんぎ》な生き物、マリアンヌよ。よろしくね」

古橋が止めるのも聞かず、マリアンヌはぐいぐい迫ってくる。その勢いにたじたじになりつつも、若菜は何とか愛想笑いを返した。

「茂木さん、お待たせしました。つけ麺《めん》三種セットです」

「すごい！　つけ汁とトッピングが小分けになってるのが可愛いですね」

「つけ汁はそれぞれ担々麺《タンタンめん》風、醤油豚骨《とんこつ》、鶏ガラ仕立てです。お好きなものにお好きなトッピングを乗せてどうぞ」

「わあ。どれからにしよう」

木の盆には麺《めん》の入った器《うつわ》と、ほんのり赤い担々麺《タンタンめん》風のつけ汁、上品に白濁《はくだく》した醤油豚骨《とんこつ》のつけ汁、一見すると地味な鶏ガラ仕立てのつけ汁が置かれていた。さらに、すりごま、ネギ、チャーシュー、カットトマト、刻んだバジル、櫛切《くしぎ》りにしたレモンなどが小鉢にそれぞれ盛られている。

若菜は少し悩んでから、まずは担々麺《タンタンめん》風のつけ汁にすりごまを入れ、その中に麺《めん》をくぐらせた。

「んー。ごまのいい香り。麺《めん》が太めの縮《ちぢ》れ麺《めん》だから、汁がよく絡《から》みますね。あと、ひき肉が大きめでゴロゴロしてるのが食感のアクセントになってて好きです」

多めに麺《めん》をすすって思いきり咀嚼《そしゃく》すると、ごまの香りと辛味噌の風味が口いっぱいに広がる。麺《めん》の柔らかい食感と、ちょっとカリッとするように調理されたひき肉の食感が合わさって、口の中が楽しい。少し変わった担々麺《タンタンめん》という感じだ。

次に若菜は油膜《ゆまく》の張ったつややかな豚骨《とんこつ》醤油のつけ汁にネギとチャーシューを投入した。そこに麺《めん》を入れると、小鉢に盛られたラーメンのような見た目になる。

若菜は生まれが福岡のため、豚骨《とんこつ》ラーメンにはなかなかうるさいつもりだ。本当なら大好きな豚骨《とんこつ》スープは硬めの極細ストレート麺《めん》でいただきたいところなのだけれど、古橋の腕を信じてひと口食べてみた。

「おいしい！　このつけ汁、普通の豚骨《とんこつ》よりもトロッとしてますね。そのトロッとしたつけ汁に縮《ちぢ》れ麺《めん》がよく絡《から》んでます。これはストレート麺《めん》の手には負えなかった……縮《ちぢ》れ麺《めん》、すごいです」

若菜はうっとりとして、豚骨《とんこつ》醤油のつけ麺《めん》を堪能《たんのう》した。慣れ親しんだ故郷の味ではないものの、これはこれで別物のおいしさだ。

「このつけ汁、ただの豚骨《とんこつ》醤油ではなく、豆乳を入れているんですよ。こってりしすぎず、でも麺《めん》に絡《から》む汁をと考えてみたんです」

「そうだったんですね。うぅ……これ、すっごくおいしいです。卵を割り入れたい……私、豚骨《とんこつ》ラーメンに卵が入ってるの、すごく好きなんですよ」

「じゃあ次は、トロトロの味玉《あじたま》を用意しておきますね」

「お願いします」

トロトロの味玉《あじたま》をつけ汁の中に崩し入れるのを想像して、若菜もトロトロになった。つけ麺《めん》ならではのこの豚骨《とんこつ》スープに、すっかり夢中になってしまっている。

「さて、では最後はこの鶏ガラベースのつけ汁ですね」

味の想像がいまいちできず、若菜はまず何もトッピングせずにつけ汁に麺《めん》を入れた。それだけで食べると、醤油ラーメンのようだ。だが普通のラーメンよりも油分が少ないため、味がぼんやりしているように感じられる。

「そのつけ汁、一番地味だったでしょう?　でも、トマトやバジル、レモンを入れると一気に化けるんです」

「そうなんですか？　それなら、まずレモンを搾《しぼ》って、そこにトマトとバジルを投入して……ん！　これは……」

薬味《やくみ》を投入してみると、そのつけ汁の味は一変した。レモン汁を入れたことで、醤油やその奥に潜《ひそ》む鶏ガラの香りの輪郭《りんかく》がはっきりとした。そこにトマトとバジルが混じると、爽《さわ》やかさも感じられる。

「ごま油だけで作るとただの鶏ガラ醤油のつけ汁になって驚きがないと思って、オリーブオイルも入れてるんですよ」

「そっか……だからトマトとバジルを入れてちょっぴり洋風にしても、こうして味の調和が取れてるんですね。むしろ、薬味《やくみ》を入れて初めて完成する味というか」

若菜はそのつけ汁に次々と麺《めん》をつけて食《しょく》していった。担々麺《タンタンめん》風も豚骨《とんこつ》醤油もおいしかったけれど、今はこのつけ汁で食べたかった。最初はあまり関心がなかっただけに、一変した味の虜《とりこ》になってしまったのだ。

「それ、すっごくおいしそうね。みっちゃん、あたしにもちょうだい」

それまでちょこちょこ出されるおつまみで焼酎《しょうちゅう》を楽しんでいたマリアンヌが、若菜の食べっぷりを面白そうに見ていた。その注文に古橋は頷《うなず》きひとつで答え、鶏ガラ仕立てのつけ麺《めん》とトッピングを用意する。

「これがこってり豚骨《とんこつ》のつけ汁とかだったら絶対に食べなかったんだけど、薬味《やくみ》を入れて味を変えるとか楽しそうなことしてたから気になっちゃって」

マリアンヌは楽しそうに薬味《やくみ》をつけ汁に入れ、レンゲを使って優雅に麺《めん》を口に運んだ。それをゆっくりとよく噛んで飲み込んでから、うっとりとした表情になる。

「おいしいー！　すごいわ、これ！　めちゃくちゃおいしい！」

テンションが上がったのか、マリアンヌは叫んでからまた首をぬーんと伸ばした。一度見たくらいでは慣れなくて、若菜は口をあんぐりと開ける。それに気がついたマリアンヌは「ほほほ」と少し照れたように笑って、首を元に戻した。

「ごめんなさいね。おいしいとつい首が伸びちゃうから、普通の店じゃ食事できないの」

「そ、そうなんですか……」

妖怪が来る店だと了解していたはずなのに、いざこうして目《ま》の当たりにするとやっぱり驚いてしまう。だが、驚きすぎると妖怪とはいえ相手を傷つけるかもしれないから、若菜はぐっとこらえた。

　感動が落ち着いたのか、マリアンヌは再びつけ麺《めん》に向き直った。

「いいわね、これ。エビとかアボカドを入れてもいいかも」

「お、そのアイデアいただきます。ついでに、蒸した笹身《ささみ》をほぐして入れてもいいかもしれませんね」

「みっちゃん、冷やし中華じゃないのよ？　でも、いいと思うわ。このつけ汁は懐《ふところ》が深い味わいだから、大抵のものなら受け止めてくれると思うの。あたしもかくありたいわね。懐《ふところ》深さって結局、生きやすさじゃない。何でも許せたほうが周りのためというより、自分が楽よね。この味みたいにみんな仲よくはできなくても、受け止めてうまくやりたいもんだわ」

　マリアンヌもこのつけ汁の味をいたく気に入ったらしく、ひと口食べるたびに感激しているようだった。その語りは食レポというより、人生哲学のようだ。

　それを聞きながら、若菜は今日感じていたモヤモヤを解消するためのヒントのようなものを得ていた。

「あんたもそう思うでしょ？　えっと、下のお名前は？」

「若菜です」

「ね、若菜ちゃん。懐《ふところ》深くありたいと思わない？」

「そう、ですね。みんながそうなら、自分も楽になりますし」

「そうそう。いろんなことを『ま、いっか』って思えるようになったら、みんな楽になるのよ」

つけ麺《めん》をぺろりと平《たい》らげてしまったマリアンヌは、今度は若菜に興味を持ったようだ。何だか楽しげな様子で焼酎《しょうちゅう》の入ったグラスを片手に見つめてくる。

「若菜ちゃん、何かお悩みなのね？　お悩み女子のお疲れオーラが見えるわ。見た感じ二十五、六歳ってとこだから、おおかた結婚のことでも誰かに言われたのね？」

マリアンヌはスッと目を細め、変なポーズを取りながら言う。まるで水晶玉を覗《のぞ》く占い師のような仕草だ。そのせいか、若菜はすべてを見透《みす》かされているような気分になる。

「えっと、そうです」

「嫌よねえ。独身だったら誰かに迷惑かけてんのかって話よ。他人に結婚結婚言うやつって、ブライダル業界の回し者かと思うわ。でもさ、そういうやつってあたしには言ってこないわけ！　一生回収する機会もなく他人にご祝儀《しゅうぎ》を払い続けるあたしに喧《けん》嘩《か》売ってんのかって話よね！」

「そ、そうですね」

「結婚できなきゃ不幸だ、みたいな風潮が本当に嫌なんだけどさ、じゃああたしらは不幸なのかって問いたいわ。『あたしら』って主語がデカいとよくないわね。あたしは、不幸そうに見える？　って話よ」

興奮してきたのか、やや早口で饒舌《じょうぜつ》になったマリアンヌは若菜に問う。全身から放たれる強く輝くようなオーラに、若菜はふるふると首を振った。この人のことを不幸だと憐《あわ》れむことも見下すことも、とてもじゃないができない。

「そうでしょ？　悲しいこともあれば寂しいときもあるわ。でもそれは、あたしが結婚できないからじゃない。誰だってそうよ。～しなくちゃ、～すれば大丈夫、なんて強迫観念に駆られるほうが不幸ってもんだわ。そういうのって呪いとしてまき散らされるから、あてられちゃだめよ」

マリアンヌはネイルを施《ほどこ》した長いきれいな指で、ぴんと若菜のおでこを弾《はじ》いた。マリアンヌの言葉とその小さな痛みに、若菜は目を見開いた。

「若菜ちゃん、懐《ふところ》深く、が合言葉よー。でもそのためにはまず、自分の考えや意見を持たなきゃだめよ。流されるのと上手に受け流すのとじゃ、大違いだからね」

「は、はい」

本当に何もかも見透《みす》かすように言って笑ってから、マリアンヌは会計を済ませて颯《さっ》爽《そう》と帰っていった。あとに残された若菜は、しばらく呆然《ぼうぜん》とする。

「マリアンヌさん、不思議な人でしょ？」

食後のお茶を出しながら、古橋が微笑《ほほえ》みかけてきた。

「本当に、不思議な方ですね。……魔女みたいだった。あ、もちろんいい魔女ですよ」

「わかります。俺もこの店をやるにあたって、マリアンヌさんに背中を押してもらったので、今の茂木さんは憑《つ》き物が落ちたみたいな気分なんだろうなって想像できます」

「そう！　憑《つ》き物落とし！　まさにそんな感じです」

今日、小林との会話でモヤモヤしたのは、彼女の焦《あせ》りや強い思い込みが呪いのようになって伝染したからだ。彼女の物言いは、「そういう考え方もあるのね」と軽く受け流せるものではなく、べっとりと手形のような跡を若葉の心に残していた。

それをマリアンヌは、軽やかに、ほこりでも吹き飛ばすかのように取り除いてみせたのだ。

（懐《ふところ》深さは生きやすさ、か。流されるんじゃなくて、ちゃんと受け止めたり受け流したりするために、まずは自分の意見を持たなきゃな）

お茶を飲んでほっと息をつきながら、若菜は次にあの手の話題を振られたときはきちんと自分の意見を言えるようにしようと考えたのだった。

第四話　モテたければもてなせ

特に何かトラブルが起きたというわけではないが、何となくいろいろなことがごたついて、妙に疲れてしまう日がある。

今日がまさにそんな日で、若菜はヘロヘロな状態でパンプスを履《は》いた足を何とか動かし家路《いえじ》をたどっていた。自分の足なのに、まるで木の棒でも動かしているような気分だ。

そんなふうに疲れていても健康な身体は空腹を訴えるもので、何を食べようかと若菜は頭を悩ませていた。こんな日に張り切って料理などしたくない。でも、回り道してコンビニに寄る気力はなかったし、かといってカップ麺《めん》もちょっぴり味気ない気がする。

電子レンジでパスタを湯がいて、そこにレトルトのパスタソースでもかけたらそれなりにちゃんとした食事になるだろうか。それとも、缶詰のカレーと冷凍ご飯で焼きカレーを作ろうか。

そんなことを考えているうちに少しだけ気力が回復してきたというのに、マンションのエントランスで目に入ったものがその気分を台無しにしてしまった。

「若菜」

「……何やってんの」

エントランスにいたのは、若菜の元彼だった。見慣れたその姿にギョッとして、若菜は身体を強張《こわば》らせた。

もう間もなく十二月。まさか今の彼女と何かあって、クリスマスをひとりで過ごさなくてもいいように、よりを戻しに来たのだろうか。

何を考えているのか、ヘラヘラと薄ら笑いを浮かべている。もしかしたら微笑《ほほえ》んでいるつもりなのかもしれないけれど、いい別れ方ではなかったため、好意的に見ることができない。

「何やってんのって、冷たいな。若菜のことを待ってたんだよ。電話はつながらないし、メッセージも送れないからさ」

「着信拒否してブロックしてるからね。だって、もう関わり合いたくないし」

別れた元彼が自分の生活圏《けん》に入り込んでいるということが気持ち悪くて、若菜は苛《いら》立《だ》った。オートロックの解除ナンバーを教えていなくて本当によかったと思う。

とはいえ、追い払うことは難しいし、無視しても若菜がロックを解除したら、一緒にエレベーターに乗って部屋まで来る気でいるのだろう。

思えば、新しい彼女と付き合い始めてからも、そうやって図々《ずうずう》しく若菜のところに上がり込んできていたのだ。そのとき若菜は浮気されているなどとは微塵《みじん》も思っていなくて、喜んで家に上げていたのだけれど。あまつさえ、せっせと夕飯まで用意していたのだ。どんなに疲れていても。

「聞いてくれよ。今付き合ってる子がさ、全然料理できなくて。ちょっと味の好みが合わないとかでなく、本当に何も作れないわけ。きちんとした材料を買ってきてもさ、未知の物体をこの世に誕生させちゃうレベルというか。とにかく控えめに言っても下手なんだよ。いやー、困っちゃうよなー」

一歩も動かずにいる若菜を不思議に思わないのか、それとも同情でも引こうと思っているのか、元彼はペラペラ話し始めた。

「それなら、料理なんかさせなければいい。どこかに食べに行くとか、デリバリーを頼むとか、おいしいものを食べる手段はいくらでもあるでしょ」

「でもさ、やっぱ手作りのが食べたいときってあるじゃん」

「じゃあ自分で作れば」

「それはもっともな言い分だ。でもさ、男の俺が適当に作った料理なんてアレだろ。せっかくなら可愛い彼女に作ってもらいたいし、外食ばっかりだと心が荒《すさ》むだろ？　誰かが自分のために作ってくれたおいしい手料理が恋しくなる気持ち、若菜ならわかってくれるだろ？」

元彼は若菜にしでかしたことを忘れたかのように、平然と愚痴《ぐち》を吐いた。そんなふうに今の彼女の悪口を聞かせれば、「それなら私が作ってあげる」とでも言うと思っているようだ。

もし若菜がもう少し若かったら、そういうこともあったかもしれない。今の彼女に対するわずかな優越感に浸《ひた》って、追い返すのも可哀想だしなどと思いながら、家に上げて手料理を振る舞っただろう。そして、どうすれば元彼が自分のもとに帰ってくるかということまで考えた可能性もある。

でも今は、そんな気持ちはさらさらない。小林の考えに同意するわけではないけれど、「もたもたしてちゃだめ」なのは確かだ。

こんなところで元彼の愚痴《ぐち》など聞いている暇《ひま》はない。

「女なんて、誰でも当たり前に料理ができるもんだと思ってたんだけどな」

若菜の機嫌がいよいよ悪くなっていることに気がつかない元彼は、心底うんざりしたように言った。うんざりしたいのはこっちだよ、と思いつつも若菜は黙っている。

「なあ若菜、どうやったら料理がうまくなるんだ？　うちの母親も若菜も普通に料理ができたから、信じられなくてさ」

こっちを捨ててその信じられない子と付き合い始めたのは誰よ、という考えが頭をよぎったけれど、若菜はそれをすぐに打ち消した。

料理ができないことは、別に悪いことではない。もっと言えば、すべての女性は男に料理を作るために存在しているわけではない。当たり前に料理ができるわけでもないし、そのことを「信じられない」などと言って責められる必要もないのだ。

元彼が落胆している理由は、まったくもって正当性がない。しかもそれを自分が捨てた女に愚痴《ぐち》るなど、言語道断だ。

「……そんなにおいしいご飯が食べたいんだ？」

「うん！　やっぱさ、仕事で疲れて帰ってきてうまい飯があるのとないのとじゃ、全然違うんだよ」

それまで黙っていた若菜が口を開いたからだろう。元彼の目が期待するように輝いた。それに気づいた若菜は、ほくそ笑みながら言い放つ。

「そっか。じゃあ料理できる子と付き合えば？」

「は？」

「それかお母さんと付き合えば？　――バァカッ！」

まさかそんなふうに言い返されるとは思っていなかったらしく、元彼は唖然《あぜん》としていた。動けずにいる彼の横を通り抜け、若菜はオートロックを解除して素早く中に入る。そしてエレベーターに乗り込むと、急いで閉じるボタンを押す。

彼が追ってこないか、追いかけてきて文句を言われないか、考えると心臓がバクバクとうるさいくらいに鳴って苦しかったけれど、玄関を開けて靴を脱ぐ頃にはその緊張は高揚感《こうようかん》に変わっていた。

「あんたのお母さんだって、あんたにご飯作るために生きてるわけじゃないけどね！」

最後に言えなかったもうひと言をついでのように吐き出すと、高揚感《こうようかん》は幻のように消え失せ、残ったのは言いようのない虚《むな》しさだった。

「……何であんなのと付き合ってたんだろ」

そう呟《つぶや》いたことで、より一層虚《むな》しさが増した。

おそらく、元彼は今の彼女とそう遠くない日に別れるだろう。料理好きの若菜を捨ててその子と付き合ったのに、料理ができないからという理由でその子と別れるのだ。結局何がしたかったのだと言いたい。

愛情というフィルターなしに見てみると、本当にどうしようもない男だったと思う。あんな男、世界中の女性からそっぽを向かれて二度と誰からも相手にされなければいいのにと思ってしまう。

でも、あんなやつでもそこそこモテるのだ。

いわゆるイケメンではなく、容姿は十人並み。けれどその容姿を補《おぎな》って余りあるほどのトーク力やフットワークの軽さ、デートのときの細やかな気配りなど、いいところはたくさんある。出会ったばかりのときや恋をしているときはそこしか見えないから、すごくいい相手のように思えていた。

そんなやつだから、ひとつひとつの恋愛が長続きしなかったとしても、常に相手には事欠かないはずだ。つまり、いくら若菜が（二度と誰からも相手にされなければいいのに）と思ったところで、あの男は苦もなく相手を見つけるに違いない。

「……ご飯にしよ」

元彼のことを恨《うら》んでいても自分の人生が豊かになりはしないと冷静になった若菜は、手洗いとうがいをしてキッチンに立った。

ツナ缶やコーン缶、トマト缶などを収納している棚を物色して、食べたいもののイメージを固めていく。

基本的に自炊《じすい》が好きなため出来合いのものを買ってくることはあまりないのだけれど、非常時のために温めれば食べられるレトルト食品はある程度買い置きしている。今日みたいにひどく疲れている日には、そういったものをアレンジして食べることが多い。

「よし、パングラタンにしよう」

若菜はエビのビスクのレトルトパウチに手を伸ばした。それから耐熱皿《たいねつざら》とバゲット、とろけるチーズを取り出す。

耐熱皿《たいねつざら》の底にちぎったバゲットを敷《し》き詰め、その上にとろけるチーズ、エビのビスク、さらにその上にバゲット、チーズ……と重ねていく。それをオーブントースターに入れて十分ほど焼けばいい。

五分も経たないうちに香ばしい匂いが漂《ただよ》ってきて、若菜のお腹が小さく鳴って空腹を訴えた。それでもぐっと我慢する。パングラタンはチーズが溶けて焼き色がつき、ソースがクツクツと煮えているのを食べるのが一番おいしいのだ。

「焼けた！」

チンという音を聞いて、オーブンまで駆け寄る。

焼き上がったものを厚手のランチョンマットの上に乗せてスプーンを用意すれば、もう食べられる。あっという間にできる、おいしいズボラ飯だ。

「……んー、おいしい！」

バゲットとチーズとビスクの層を一度にすくって頬張《ほおば》ると、熱々のそれらが口の中で混じり合って絶妙な味わいになる。バゲットもチーズもビスクも、それぞれにおいしいのだ。三種のおいしさが混じり合って、おいしくないわけがない。

ビスクをコーンスープやカレーに変えて、このパングラタンはよく作る。簡単にできるのにすごくおいしいのだけれど、思えば元彼にはこういったものを食べさせたことがなかった。

いつもいつも、それなりに気合いの入ったものを食べさせていたのだ。料理上手だと思われたくて。できる女だと思われたくて。

でも若菜のその姿勢は、あの男に「女なんて当たり前においしい料理を作ることができる」と思わせただけだった。

そう考えると、若菜もあのクズっぷりに拍車《はくしゃ》をかけるのに一役買ったのかもしれない。そのことについて、反省するつもりはないけれど。たとえ若菜があの男と付き合わなかったとしても、別の誰かがクズっぷりを助長させていただろう。

「……なんであいつはモテるんだろうなあ」

ひとりきりの部屋に、若菜の悔しさに満ちた呟《つぶや》きが響いた。

別れて惜しいと感じる気持ちがないからこそ、相手に事欠かないあの元彼の吸引力にただひたすら首を傾《かし》げるのだった。


一晩経って元彼へのムカムカした気持ちや苛立《いらだ》ちのようなものは収まったけれど、日暮れが近づくにつれてそれらの感情の代わりに浮かんできたのは恐怖だった。

（今日もエントランスにいたらどうしよう……）

そう思って、会社を出たところで足がすくんだ。

元彼はフットワークが軽い活動的な人間だ。思い立てば、若菜の勤め先に来ることくらいするだろう。付き合っているときに、近くまで迎えに来てもらったことがあるから場所は知られている。

そうでなくても利用する駅だって、よく行くコンビニやスーパーだって知られているのだ。待ち伏せしようと思えばいくらでもできる。

そこまで若菜に執着する理由があるとは思えない。でも、不意打ちでやってきた昨日という前列があるから、まったくもって油断できなかった。

どこかで待たれていたらどうしようかと思いながらの帰路《きろ》だったため、いつもと同じ道のりなのにぐったりしてしまった。マンションの前まで来たときには疲れと緊張が極限に達していて、オートロックを解除しエレベーターに乗ることすらできなくなっていた。

（まんぷく処に行こう）

気がついたら足は、あの店に向かっていた。

まんぷく処に行って、温かくておいしい食事と古橋の穏やかな雰囲気に癒《い》やされたい。料理がおいしいのは当然として、店主である古橋の笑顔や話し方もあってあの店が好きなのだと気がついた。

控えめに整った顔やああいった雰囲気を持つ彼は、さぞモテることだろう。それなのに、それをひけらかす様子はまったくなく、ギラギラしていないのも好感が持てる。

少しでも早くまんぷく処へ行って、店と古橋の温かさに心を慰《なぐさ》められたいと思うと、自然と急ぎ足になってしまう。

細い道を抜け、提灯《ちょうちん》お化けに出迎えられると、はやる気持ちは最高潮に達していた。だからこそ、ドアを開けてまず最初に目に飛び込んできたのが古橋ではなかったことに若菜はがっかりした。

「おおー。ちょうどいいところに愛らしいお嬢さんが！」

「え……」

ドアを開けた若菜を迎えてくれたのは、金髪の美男子だった。驚くほど白い肌と赤みがかった茶色の目が特徴の、なかなかお目にかかれないレベルの美形だ。

その現実離れした美形が満面の笑みを浮かべて両腕を広げているのは、ちょっとした恐怖だった。何より、馴《な》れ馴《な》れしいのが意味不明すぎて怖い。

「ルシアンさん、いきなりそんなことをしたらだめです。茂木さん、いらっしゃい」

抱擁《ほうよう》を求める美男子を古橋がたしなめた。

「ど、どうも」

ルシアンと呼ばれた美男子の腕から逃れ、若菜はいつものカウンター席に着いた。

ふたつ離れた椅子に戻ったルシアンは、性懲《しょうこ》りもなくウインクしてくる。

「この国のレディたちは本当にシャイだね」

「ハグはこの国では挨拶《あいさつ》として広く普及してはいないんですよ」

「残念無念。ハグしたらはじめましての人でも大好きハッピーになるのにね」

「だから、そういうのをやめてあげてくださいって言ってるんですよ。ただでさえ茂木さん、お疲れの様子なんですから」

古橋が再びたしなめるも、ルシアンに慎《つつし》む様子はない。いくらイケメンでもフレンドリーを通り越して馴《な》れ馴《な》れしいのが嫌で、若菜は視線をそらして見ないようにした。

「茂木さん、こちらは吸血鬼のルシアンさんです。マリアンヌさん同様、うちとは古いつながりのあるお客さんなんです」

「きゅうけつ、き……？」

古橋の言葉を聞いて、若菜は身体を強張《こわば》らせた。吸血鬼という情報以外、何も頭に入ってこない。

「あ、吸血鬼といっても生き血を主食としていない安全な方ですので」

「そうなんですか」

「はい。トマトが大好きな吸血鬼なんですよ」

古橋にそう補足されて、少し安心することができた。でも、血を吸わない代わりにトマトだなんてベタだなと思ってしまう。

ルシアンという吸血鬼は、荷物の中からおもむろに何か取り出すと、それをちゅーちゅー吸い始めた。輸血パックのように見える容器に入ったものは、赤色の液体だ。

「え……それ、トマトジュース……？」

「これが何か知りたい？　でもね、世の中知らないほうがいいこともあるのヨ。まあ、こんな感じだから普通のお店でなかなか食事できない。このお店はありがたいネ」

「は、はあ……」

血液が主食でなくても副菜みたいな感じで必要なのか、それとも本当にただのトマトジュースなのか。疑問は深まるばかりだけれど、若菜は深く考えまいとした。

ここが妖怪たちにとって必要な場所であることはわかるし、それを邪魔するつもりはない。ただ、まだ慣れないいなとは思う。

「今ちょうど、ルシアンさんと〝女性にモテるトマト料理〟について考えてたんですよ」

「モテるトマト料理?」

「そのタイミングで茂木さんが来店されたので、ルシアンさんはつい喜んでしまったんです」

まだ警戒を解かない若菜を気遣ったのだろう。古橋はそうフォローを入れてくれたけれど、若菜はさらに身構えてしまった。モテたいなどという話題には、今は付き合いたくない。それに、こんな見た目でいかにもモテそうなのに、さらにモテたいなどというルシアンのことを信用できない。

「……モテたいんですか?」

「ええ、とっても」

「どうしてモテたいんですか?」

「女の子の好き好きチュッチュなエネルギー、ワタシの栄養になるよ。だからたくさんの女の子にモテてモテてチュッチュなエネルギーもらって、元気いっぱいになりたいよ」

「……」

聞くんじゃなかったと思って、若菜はげんなりした気持ちになった。日本語が不自由なふりをしているけれど、あまり上品なことを言ってはいないとわかったのだ。

若菜の中でルシアンの設定が〝セクハラ吸血鬼〟というものになった。

「ニンニクたっぷりのトマトソースとかどうですか？　ほら、女の子にモテそー」

意見を求められていたのを思い出して、若菜は棒読みで言う。ニンニクがデートに向かないのは承知だが、大体、モテるトマト料理ってなんだ？　という話だ。

「おー。レディが冷たーい。でも、意地悪のつもりで言ったとしてもワタシはニンニク平気だよ。むしろ元気なーる。レディ、一緒に食べる？　生きるのも仕事するのも恋するのも、元気が大事ネ。とりあえず、笑ってみて。スマーイル」

バチッとまたウインクをしながら言うルシアンに、若菜は言葉だけでなく視線まで冷たくする。言っていることが完全におっさんだ。吸血鬼だから若く見えるけれど、年齢はかなりいっているということだろうか。誰のせいで笑顔を失っていると思っているんだ。

だが若菜の会社の編集長とは違って、ギリギリのラインを守っている感があるから、セクハラオヤジにならずに済んでいる。

若菜が真顔で見つめ続けるとウインクをやめて恥ずかしそうにするのも、ちょっと可愛いと思えた。

「ルシアンさんの問題発言は置いておいて、自分も料理人として女性が喜ぶトマト料理は気になりますね。それと、女性が何をしたら喜ぶかも」

古橋にはにかむように笑って言われて、若菜はどぎまぎした。

「そ、そう言われたら、真剣に考えますけど……」

おそらく無自覚なのだろうけれど、こういった可愛げのある表情や言い方をされれば無下《むげ》にはできない。

「されて嬉しかったことですか……何があるかなあ」

そう言って若菜の頭にパッと浮かんだのは、昨日会ったばかりの元彼のことだった。

浮気をした上に若菜を振るようなやつだから愛想を尽かしているけれど、付き合っていた頃は本当に楽しい人だった。

記憶力がいいし気配りができるから、ほんの些細《ささい》な会話もよく覚えていて、若菜が気になっていると言った店のスイーツ、好きだと言った映画の原作小説、失くしたお気に入りのイヤリングによく似たデザインのイヤリングなど、そんなものを次のデートのときにさりげなく差し出してくれるような人だった。

自分が言ったことを覚えてくれている、気にしてくれている、いつも考えてくれている――そう思わせてくれる人だったからこそ、若菜も彼が喜ぶ手料理でその気持ちに応えていたのだ。

「そうですね……育てた花をもらったときは、かなり嬉しかったですね。比較的栽培が簡単なものだったみたいなんですけど、わざわざ彼が私のために花が咲くまで育てた小さな鉢植えをくれたっていうのは、ちょっとしたサプライズでよかったです」

「おお！」

若菜が元彼からしてもらったことで一番印象に残っている話をすると、古橋もルシアンも目を輝かせて感嘆《かんたん》の声を上げた。どうやら男性ふたりには思いもよらなかったことらしい。

そこまでの反応をされると思っていなかったから、若菜は何だか面映《おもは》ゆくなってしまった。

「手作りとか育てるとか、あんまり凝《こ》りすぎても重くなっちゃうかもしれませんけど、自分で育てたトマトを使った料理だったら、女性を喜ばせられるかもしれませんね。話題性もばっちりで、会話が盛り上がりそうですし」

「素晴らしい！　決してワタシ自身では思いつかなかったことだよ！　トマト作る！　トマ作《さく》を始めるよ。流行《はや》りの農業男子だね！」

照れ隠しのように若菜が提案したことに、ルシアンは笑顔で食いついた。トマ作《さく》などと稲作のような言い方をするのも、農業男子が流行《はや》りだというのも気になるけれど、悩みが解決したのならよかったと思う。

「では、ルシアンさんの悩みが解決したところで本日のおすすめです」

「わあ！　お出汁《だし》のいい匂い」

話がうまくまとまったところで、古橋が木皿に乗せた大きめのココット鍋《なべ》を若菜とルシアンの前に出した。

蓋《ふた》を開けると、現れたのは丸ごとのトマトが三つ。中をくり抜いて器《うつわ》にして、それぞれに何かが詰められている。

「トマトおでんにしてみたんですよ。先日ルシアンさんから出されたお題を自分なりに考えて、この時期おいしい料理をトマトでやってみようと思って。でもトマトおでん自体はそんなに珍しくないんで、詰めるもので遊んでみました」

「楽しいですね。これは何だろう？」

若菜がひとつめに選んだのは、白っぽいものの中にニンジンやゴボウなどの野菜が入ったものだった。トマトの器もその中身も箸《はし》で簡単に切ることができ、口の中に入れると柔らかく崩れた。

「これ、がんもどきですね！　確かに、おでんの具材にありますもんね」

「正解です。でも、普通のがんもどきではなくて鶏のミンチも混ぜてるんですよ」

「がんもどきも鶏ミンチもお出汁《だし》がよく染みてます。トマトと一緒に食べるとちょっぴり洋風な味になるのもいいですね」

出汁《だし》自体は家庭やコンビニで食べられる馴染《なじ》みのあるおでんの味なのだけれど、そこにトマトが加わると新しい味わいになる。しっかり煮込んでも形が崩れないように硬めのものを選んでいるのか、トマトらしいシャクッとした歯ごたえが残っているのもいいアクセントになっている。

「レディ、お肉が入ったものもおいしいよ」

「そちらは牛すじですね」

「牛すじ！」

ルシアンと古橋の言葉を聞き、若菜はすぐさまふたつめのものに箸《はし》を伸ばした。

「私、牛すじ大好きなんです。おでんの牛すじも好きだし、トマトと組み合わせるのも。前にじっくり時間をかけて牛すじのビーフシチューを作ったこともあるくらい好きなんですよ」

箸《はし》で切り崩しながら、若菜はわくわくしていた。トマトと牛すじという組み合わせのポテンシャルを知っているからこそ、期待は高まるというものだ。

「おいしい！　この牛すじ、少し甘辛く味付けされてるんですね。お出汁《だし》で煮込んだ牛すじだけでもおいしいのに、こんなふうにひと手間かけられておいしくないはずがないです！」

「普通の牛すじだと、トマトと合わせたときに味がちょっと浮いちゃったんですよ。だから、このふたつがより仲よくできるように少し手を加えました」

古橋の説明を聞きながら、若菜は牛すじ入りトマトを噛みしめた。噛むと牛すじ特有の食感と甘辛い味が幸せな気分にしてくれる。そこにトマトのさっぱりした酸味が加わり、期待を裏切らないおいしさにさらに笑顔になった。

「牛すじはコラーゲンたっぷりでお肌にイイね！　そこにトマトが合わされば、女の子喜ぶマチガイナイよ」

ルシアンもこの牛すじが気に入ったらしく、上機嫌で頷《うなず》いている。彼の言う通り、この組み合わせには喜ぶ女性が多そうだ。

「最後のこれは、ベーコンですか？」

「そうなんですが、ちょっとびっくりさせられるんじゃないかと思うんですよね。さあ、箸《はし》で割ってみてください」

古橋は自信に満ちた笑みを浮かべ、最後のひとつを勧めた。言われるまま箸《はし》でそれを割って、若菜は感激した。

「チーズだ！　ベーコンの下に隠れてたんですね！　トマトとベーコンとカマンベールって、大正解じゃないですか！」

「もっと中のほうまで見てください」

「え？　あ、しらたきだ！　チーズの中にはしらたきが隠されてたんですね」

若菜が驚く様子を見て、古橋は嬉しそうにした。きっと、この驚く顔が見たかったのだろう。

「すごい……チーズとしらたきがこんなに合うなんて思わなかったです」

「しらたきカルボナーラのレシピをネットで見て思いついたんですよ」

「しらたきが入ってるから、ベーコンもカマンベールもちゃんとおでんになれてるんですね。見事な調和です！」

がんもどきも牛すじもおいしかったのだけれど、意外性という部分でこのベーコンカマンベールしらたきが一番若菜を喜ばせた。手間暇《てまひま》かけたサプライズは、やはり女性を喜ばせるにはいいということだろう。

「あの、茂木さん。今日は送っていきますから、ゆっくりしていかれませんか？」

「え？」

トマトおでんをすべて平《たい》らげてふっと息をついたところで、古橋がそんな提案をしてきた。

「よかったら締めの雑炊《ぞうすい》をどうかなと思いまして。具材の味がにじみ出た汁で雑炊《ぞうすい》をすると、すごくおいしいんですよ」

「それなら、お願いします」

食べ終わってふと帰りたくないと思ったのを察知されたのだろうか。いや、気にしすぎだと考え直して若菜は頷《うなず》いた。

「ワタシは満足したので帰りマース。帰ってトマ作《さく》について考えなくては」

ルシアンが上機嫌で会計を済ませて帰っていき、店内には若菜と古橋だけになった。

皿洗いをしている河童《かっぱ》の流川の姿も見えないし、先ほどまで若菜の足にまとわりついていたスネコスリたちもいなくなってしまった。

それによって若菜は、さっきの古橋の気遣いが気のせいではないと悟った。

「……今日、もしかして何か怖いこととか嫌なことがありましたか？　疲れているだけにしては、いつもと少し様子が違うように思えたので」

ココット鍋《なべ》を引き取りもう一度火にかけながら、古橋がさりげないふうを装《よそお》って尋《たず》ねてきた。

来店したときから気づかれていたのだとわかって、若菜は何だか恥ずかしくなる。でも同時に、嬉しくもあった。

「実は、昨日マンションのエントランスで元彼が待ち伏せしていて……今日も来てたらって思ったらまっすぐ家に帰れなかったんです」

古橋にならと思い打ち明けてみると、彼は心配そうに眉根を寄せた。けれどもすぐに笑顔になり、温め直したココット鍋《なべ》を若菜の前に置いた。

「それは大変でしたね。やっぱり、送っていくと言ってみてよかったです。それと、ご迷惑でなければ連絡先も交換しましょう。もしまたそういうことがあったとき、呼んでくれたらすぐに行きますから」

古橋は、何でもないことのように言って笑った。優しくて爽《さわ》やかな笑顔だ。

「それと、買い出しとか散歩のついでにパトロールしてみますね。こういうのも、ご近所さんのよしみってやつです」

ただ親切なだけで特別な意味はないとわかるのに、不覚にも若菜の胸はときめいてしまう。

「ありがとうございます。そう言っていただけるだけでも、すごく心強いです」

素直に言ってから恥ずかしくなって、若菜は視線をココット鍋《なべ》に移した。そこには卵の入った雑炊《ぞうすい》があり、木さじですくって口に入れると優しい味が広がった。

「……おいしい」

恥ずかしさをごまかすようにふぅふぅと息を吹きかける。そうして冷ましながら食べるうちに、若菜の身体はさらにポカポカしてきた。

でもそれ以上に、古橋に優しくされた心のほうが温かくなっていた。

＊＊＊

夜の闇に包まれた住宅街を、ひとりの男が歩いていた。

仕事帰りなので、スーツをやや着崩してだらしのない格好だ。しかし、意図してやっているので、ラフでこなれた感じに見えるだろう。

「ったく……若菜のやつ。あんな感じ悪くする必要ねぇじゃんか。やっぱ、もっかいちゃんと話しねぇと納得いかねえ」

男は不機嫌にブツブツ言いながら歩いている。迷うことなく向かう先は、一棟のマンションだ。

その途中で、お目当ての人物の姿を見つけた。先日自分を馬鹿にした元彼女だ。気づいて逃げられては話ができないから、そっと近づいて文句を言ってやらなければならない。

だが、不意に男は足を止めた。何か聞こえたので、周囲に耳を澄ませる。

ここはファミリー向けの住宅が多く立ち並ぶ場所で、この時間帯になると大抵の住人が帰宅して、一家団欒《だんらん》を楽しむ。そのため、外を歩く人は少なく、家々からのにぎやかな声や生活音しか聞こえないはずだ。

それに何より、聞こえてくるのは人間の声や生活音ではなさそうだ。不気味な、現実離れした、そんな音が聞こえてくる。

『……小豆《あずき》洗おか人とって喰《く》おか……ショキショキ……』

節《ふし》がついて歌声のように聞こえるそれは、そんなことを言っていた。

気持ちが悪いと思って歩き出そうとした瞬間、男は何かにつまずいて転んだ。

「ってぇな！」

足元にふわっと柔らかなものがまとわりついたと思ったのに、振り向いても何もいない。それどころか、地面には小石ひとつ落ちていなかった。

もともとイライラしていた気持ちが、恐怖と怒りでさらに増してくる。得体が知れない、気持ちが悪いという感情もわいてくるが、それに負けてここから立ち去るのは癪《しゃく》だった。

何より、自分を侮辱《ぶじょく》した元彼女に文句を言いに行くという目的が達成できていない。ただでさえ新しい彼女への不満が募《つの》ってきているというのに、元彼女にまでコケにされていては気が収まらないというものだ。

新しい恋人は若くて可愛いものの、家事スキルに欠け、特に料理はからきしだ。疲れて帰った日は家デートで癒《い》やされたい男にとって、料理ができないのは大きな減点ポイントだった。

それで思い出したのが、元彼女の若菜だったのだ。

若菜も化粧をして着飾っていればそれなりに美人だし、性格的にも可愛いところがあって、一緒にいて楽しかった。何より食べることが好きだから、そのぶん料理がうまかった。

新しい恋人の愚痴《ぐち》を言えば気をよくして、また手料理を振る舞ってくれるのではないかと考えていたのだけれど、予想に反して若菜は厳しかった。マンションのエントランスで男の姿を見つけるなり嫌そうな顔をした上、あまつさえ「バァカ」と言い放って立ち去ったのだ。

それであまりにもむしゃくしゃして、今日は文句を言ってやろうと酒を飲んでからここへ来てしまった。

「バカって何だよ……冷たい女だな。……ひっ！」

悪態をついた直後、耳元にふっと誰かの吐息を感じた。風かもしれない――そう自分をごまかそうとした矢先、何者かに声をかけられた。

「お兄さん、ひとり？ よかったらあたしと遊ばない？」

その口調とは逆に声は野太い男性のものだ。こんなときにオネエかよと思った男は、振り返ってすぐに悲鳴を上げることになる。

「ば、化け物！」

そこにあったのは、金髪で派手な化粧をした男性の頭部だった。生首が浮いているのかと思ったが、よく見れば少し離れたところにある、これまた派手な服を着た身体から伸びている。

つまり、声をかけてきたのは首の長い妖怪――ろくろ首だったのだ。

「……何なんだ！ 一体何なんだ！」

男は走って逃げながら文句を言った。なぜ自分がこんな目に遭わなければならないのかと、腹立たしい気持ちになる。

だが、それ以上に怖かった。まるで知らない世界に迷い込んでしまったかのようだ。

「うわっ……！」

何かに足を取られて、男は盛大に転んでしまった。今度も柔らかなものにまとわりつかれたのだが、もう確認しようとは思わない。

地面にうつ伏せのまま、しばらく動かなかった。上空をコウモリかカラスのような黒いものが飛び交っており、そのあまりの不気味さに、すぐに立ち上がる気力がわかなかったのだ。

「あの、大丈夫ですか……？」

そうしていると、また誰かに声をかけられた。先ほどとは違い、落ち着いた男性の声だ。男は恐る恐る顔を上げた。

「す、すいません。何か変なもん見て、ちょっとびびっちゃって」

そこにいたのは、自分と同年代の男性だった。しかも爽《さわ》やかなイケメンだ。こういうのと一緒に合コンに行くと女ウケがよくて、おこぼれにあずかれるんだよなあなどと、そんなことを考えて男は自分のペースを取り戻した。

「変なものって、何ですか？」

「いや、きっと見間違いだと思うんですよ。はは、疲れてるのかな」

心配してくれる男性の言葉に恥ずかしくなって、男は立ち上がりながら笑った。足をくじいた感じはしない。これならすぐに立ち去れると思ったのだけれど、声をかけてきた男性は何やら深刻な顔をしている。

「……そういえば、このあたりは出るって噂《うわさ》なんですよ」

声を潜《ひそ》め、男性は言う。その顔は冗談を言っている様子ではなく、それだけに男は背筋が寒くなった。

「出るって、何がです……？」

強がって微笑《ほほえ》みを浮かべて、男は尋《たず》ねてみた。すると、男性は口元に手を添え、さらに声を落として言った。

「恋人に二股《ふたまた》かけられた挙句《あげく》に捨てられた女の霊が。自分を捨てた男を探し求めて、さまよってるらしいです。……気をつけたほうがいいですよ」

男性はそれだけ言うと、静かに去っていった。

残された男は笑い飛ばそうとしたものの、頭上でバサバサッと音がしたので、びくりと震え上がってしまった。

「うわー！」

恐怖が臨界点《りんかいてん》を突破した男は、もと来た道を引き返すように全速力で走り去っていく。脱兎《だっと》の如《ごと》くという表現がぴったりの走りっぷりで、何をしにここへやってきたのかなど、すっかり忘れ去っている様子だ。

「……これで、もう付きまといはやめるかな」

少し離れた場所で、先ほど男に声をかけた男性が呟《つぶや》いた。

その男性のもとに、わらわらと集まり始めるものたち。三匹の毛玉に、猫背の小柄な人影に、ごつくて派手な女装男性に、コウモリを従えた金髪の美男子だ。

「みなさん、ご協力ありがとうございました。たぶんこれで、茂木さんの安全は確保できたでしょう。じゃあ、帰りましょうか」

男性が声をかけると、集まってきたものたちはみなクスクスと機嫌よく笑って、あるものは影に、あるものは空に、あるものは道の先に消えていく。

残された男性は、満足したように頷《うなず》いて、静かに歩いていった。

第五話　おしゃれは味付け

　ある日の夜、まんぷく処のカウンター席で昼間の出来事を思い出した若菜は、ちょっぴり憂鬱《ゆううつ》な気分になっていた。

　仕事は順調だ。十二月に入れば忙しくなるのがわかっていて前倒しで作業を進めていたから、年末進行になってからも多忙にあえぐことなく過ごせている。気忙《きぜわ》しさはどうしてもあるけれど、物理的には余裕があると言える。

　そのせいか、また小林に恋愛のことで絡《から》まれてしまった。

「若菜ちゃん、また嫌なことあったの？　オネーサンが聞いたげるわよー」

「わっ……マリアンヌさん、いつの間に」

　若菜が物思いにふけっているうちに来店していたのだろう。いつの間にか隣の席に座っていたマリアンヌが、心持ち首を伸ばして若菜のことを見つめていた。やはり妖怪ともなると、気配を殺すことができるのだろうか。

「突然現れたわけじゃないわよぉ。あたしは普通に来たけど、それに気がつかないくらい若菜ちゃんがぼーっとしてたのよ。やっぱり、年末に向けてお仕事大変なの？」

「仕事は順調です。それなりに忙しいですけど。今ぼーっとしてたのは仕事のせいじゃなくて、職場の後輩に言われたことで……」

まだ知り合って間もないけれど、マリアンヌは不思議な話しやすさを持っている。それに、こういったモヤモヤは誰かに話してしまうことでしか解消されないということも経験上わかっているから、若菜は話してみることにした。

「彼氏と別れてからも服装や髪型が変わらないことを指摘されて、『まだ別れた男のことを引きずってるんですか？』なんて言われてしまったんですよ……」


それは昼休みのこと。

寒くて外に食べに行くのが億劫《おっくう》だなと感じていた若菜は、ここ数日、簡単な弁当持参で出勤していた。それを目ざとく見つけた小林に声をかけられ、会社の休憩スペースで一緒に昼食をとっていたのだ。

「茂木さん、やっぱりまだ元彼のことを忘れられない感じですか？」

「え？」

「だって、服も髪もずっと同じじゃないですかー。別れた男のテイストとか好みを引きずってるのって、ナシだと思いますよ」

スープジャーに春雨と温野菜とコンソメを入れ、お湯を注いで持ってきた簡単スープを食べながら、春雨は少し下茹《したゆ》でしたほうがいいかなどと考えていたときだったから、小林のその発言は若菜にとってあまりにも唐突だった。

「全然、引きずってませんよ？　まだ新しい出会いを求める気にはなりませんけど、もう思い出すこともないし、むしろ別れてから日が経つにつれてどんどん嫌いになるというか」

先日のマンションでの待ち伏せを思い出して、若菜は思わず苦笑した。翌日は古橋に送ってもらったが、待ち伏せされたのはあの一度きりで、もう元彼に脅《おびや》かされてはいない。でもあの出来事が転機となって、わずかに残っていた愛着みたいなものも消え失せてしまった。

だから、あの男のことを引きずっていると言われるのは正直心外《しんがい》だった。

「だったらなおさら、見た目が変わってないのが理解できないです。彼氏のことをすっぱり忘れられたなら、服だって髪だって一新しなきゃ。別れたときよりきれいになってやるって意識がなくちゃだめですよー」

「……そういうものかな」

「そうですよ！」

小林は悪い子ではないけれど、自分の言ったことは曲げないし押しが強いタイプだ。しかも相手を傷つけようとしているわけではなく、よかれと思ってしているから、かなり勢いのある言葉を口にする。

その勢いに押されたわけではないけれど、自分の意見を押し通すのが面倒で、若菜は曖昧《あいまい》に笑って頷《うなず》いてしまった。その代わり、胸の内で納得いかない気持ちが渦巻《うずま》いてモヤモヤしてしまったというわけだ。

「私としては、彼氏がいてもいなくても好きな服装を続けてるだけなんですけどね。それに、失恋したからイメチェンっていうのも、逆に引きずってるというか無理に忘れようとしてるみたいで嫌なんですけど」

小林に言われたことのあらましを語って、若菜はそう締めくくった。

「あらぁ、それは嫌だったわね。善意からであったとしても、あんま他人に服装のことか、とやかく言われたくないわ」

「そうなんですよ。彼氏の影響であまりにも突飛《とっぴ》な格好をしてたとかならまだしも、ごくごく平凡ですからね」

学生の頃はそれなりにいろんなテイストの服装に挑戦していたけれど、就職してからはいわゆるオフィスカジュアルなコーディネートができるものばかり購入してきた。仕事で着られるものを、と思うとどうしてもそうなるのだ。だから、それに合わせてプライベートの服装も無難なものになっている。

これがもし、若菜がバンドでもやっているロックな男と付き合っていて、その男の影響で始めたロックな服装から別れたあとも抜け出せないでいるのなら、周囲からたしなめられるのもわからないでもない。好きでやっているわけではなく、無理をしていたことが惰性《だせい》で続いているとかならなおさらだ。

でも、若菜の場合はあの元彼と付き合う前から今のような服装だし、無理をしているわけでも惰性《だせい》でしているわけでもない。

「でもまあ、周囲からはまだ儀式が済んでないように見えるのかもね。禊《みそぎ》の儀式が」

若菜の憤《いきどお》りに理解を示すように頷《うなず》きつつも、マリアンヌはそんなことを言った。よくわからなくて、若菜は首を傾《かし》げる。

「それって、けじめをつけるってことですか？」

「んー、それだと若菜ちゃんが何か悪いことをしたから周囲に対して反省を示すみたいな意味になっちゃうんだけど、そうじゃなくて本当に穢《けが》れを払い落とすみたいな。ほら、ダメ男と付き合ってたことで運気とか下がってる感じするでしょ？　別れただけじゃなくて、その穢《けが》れを払っときましょみたいな意味合いよ」

「穢《けが》れ、ですか。髪を切ったりするのがその穢《けが》れを落とすってことに該当《がいとう》するのは、何となくわかります」

「そうそう！　そういうことよ。別に男のために伸ばしてたわけじゃないから切るのは嫌だって気持ちもわかるんだけど、運気のことを考えるならちょっと切ったりしてもいいんじゃないってあたしも思うわ」

ようやくマリアンヌの言いたいことがわかり、それによって小林の主張も少しは理解できた。

運気だとか穢《けが》れだとかは目に見えないけれど、こだわる人にとってはお風呂に入っていなかったり部屋の掃除をしていなかったりするのと同じくらいよくないことに映るのだろう。

「あとね、切るだけじゃなくてちょっと髪色を変えるだけでも気分が違うわよ。何も金髪にしろとか真っ黒にしろとか言ってるんじゃないのよ。いつもの色がモカブラウンだったら、それをアッシュブラウンにするくらいの、他人にはあまりわからない程度の変化でいいの。それだけでも気分が変わるし、気分が変われば雰囲気も変わるから、もしかしたらいいことがあるかも」

「そんなふうに考えると楽しそうだし、いい気分転換になりそうですね」

「そうよ！　大人になったら変化なんて、自分で何かしないと起きないものなんだから」

「確かに……」

マリアンヌの言葉は聞き入れやすく、若菜は素直な気持ちで頷《うなず》いていた。言っている内容は小林とほとんど同じなのだけれど、不思議とマリアンヌに対しては反発心を覚えなかった。それはたぶん、若菜の言い分を一切否定しないからだろう。

「人もお料理も、目先を変えるだけでかなり印象を変えられるかもしれませんよ」

それまでずっと黙って若菜たちの話を聞いていた古橋が、そう言ってにこやかに料理の皿を差し出してきた。話している間、コトコト何かを煮込んでいるなと思っていたけれど、それができあがったらしい。

「あら、みっちゃん。いいこと言うじゃない。それで、今日のお料理はなぁに？」

「中華風ロールキャベツです。あるいは、キャベツ水餃子《すいぎょうざ》とでもいいますか」

皿の中には、確かにロールキャベツがあった。でも、スープがコンソメよりも澄んでいるし、ほのかにごま油の香りがして中華っぽさもある。

「おいしそうですね。これは、そのまま食べてもいいんですか？」

「はい。でも、水餃子《すいぎょうざ》を意識してタレも作ってみたので、あとからお好みでつけていただいても」

「一度に二種類の味が楽しめるなんていいですね」

古橋からタレの小皿を受け取った若菜は、まずそのままロールキャベツにかじりついてみた。

柔らかくなるまでじっくり煮込んだキャベツをかじると、その奥から肉汁と共に中の具材が現れる。普通のロールキャベツなら合挽《あいび》き肉とタマネギなどが入っているだけだけれど、これは中華風を意識してタケノコやシイタケも入っている。

「熱々で、すごくおいしいです。具材が中華まんっぽいなってところまではわかったんですけど、この肉汁たっぷりなのはどうやってるんですか？」

若菜ははふはふと熱を逃がしながら、中華風ロールキャベツのおいしさを堪能《たんのう》した。こういった冬においしいメニューは熱々を楽しんでこそと思うものの、ちょっと肉汁が熱すぎた。

「小籠包《しょうろんぽう》なんかと同じで、鶏ガラスープを閉じ込めたゼラチンを入れてあるんですよ。先に言えばよかったですね。火傷《やけど》しませんでしたか？」

「大丈夫です」

本当はちょっぴり舌を火傷《やけど》したのだけれど、古橋を心配させたくなくて若菜は笑ってごまかした。今度は、少し冷ますという意味も込めてタレにつけてから食べてみる。

「酢醤油かと思ったら、ピリ辛ですね。ラー油が入ってるんですか？」

「そうです。八角《はっかく》や乾燥ニンニクなんかを漬け込んで香りづけしてあるラー油なんです」

「おいしい！　このタレをつけるだけで一気に餃子《ぎょうざ》っぽさが増しました」

タレによる味の変化に感激しながら、若菜はパクパクと食べ進める。ふと隣を見ると、マリアンヌが同じものを黙々《もくもく》と食べていた。

「ごめんなさい。おいしくて、ついうるさくしてしまって」

　静かに飲食したい人もいるのにと思い、若菜はマリアンヌに頭を下げた。でもマリアンヌはゆるゆると首を振って微笑《ほほえ》んでくれる。

「いいのいいの。楽しそうに食べてる若菜ちゃんを見てたら、あたしも楽しいから。それにさ、若菜ちゃんがそうやっておいしいって言ってあげなくちゃ、みっちゃんも寂しいだろうし。あたしは飲み始めたらついつい黙っちゃうのよ」

「私はおいしいと、ついついたくさんしゃべっちゃいます」

「それなら、あたしたちが並んで食事したらちょうどいいわね。人と食事してるって感じがして、すごく楽しい」

　マリアンヌが本心からそう言ってくれているのがわかって、若菜はほっとした。古橋もニコニコしてくれているし、このまんぷく処は本当に居心地がいいなと思う。……物静かに皿を洗う河童《かっぱ》にも、店に入った途端《とたん》足にまとわりつくスネコスリにも慣れてしまえば、何も言うことはない。

「ロールキャベツがロールキャベツのまま、こんなに変われるんですね。……おしゃれも、こうやって味付けを変えるのと同じで気楽にやればいいんですね」

若菜がしみじみと言うと、古橋もマリアンヌも笑顔で頷《うなず》いた。

「そうよ。何も若菜ちゃんに別人になれって言ってるわけじゃないのよ。若菜ちゃんは若菜ちゃんのまま、ちょっと味付け変えて楽しみましょうよってこと。大人になるとね、知らず知らずのうちに守りに入っちゃってて、新しいことに挑戦したりしなくなっちゃうものだから」

「そういえば、最近は服選びも髪型もあまり冒険してなかったな……。着たことがないような色や形は試さないから、クローゼットの中は似たようなものばっかりです。私も洋風から中華風になるくらいの変化はしたいかも」

小林に言われて少し頑《かたく》なになってしまっていた若菜の心は、マリアンヌの柔らかな言葉と古橋のおいしい料理によってほどけていた。

イメチェンとかそんな大仰《おおぎょう》なことではなく、ちょっと違う自分を見てみたいというような、そんな気持ちになれている。

彼氏と別れたからとか、変われと言われたからではなく、明日や明後日《あさって》や半年後や一年後の自分を楽しみにしていきたい。

たとえ会社には着ていけなくても、誰のためでもなく自分のために日頃着ないような色の服にチャレンジしてみたい。

「あの、髪なんですけど、いつも結ってらっしゃるので、髪飾りを変えてみるのはどうですか？　きれいに手入れされてるみたいなんで、切ってしまうのはもったいないなと」

一足先にマリアンヌが帰り、若菜も会計を済ませて帰ろうとしていたとき、古橋がはにかみながらそう言った。

思いもかけないことだったから、若菜も何だか恥ずかしくなってしまう。

「髪飾りを変える、ですか。それなら、切ったり染め直したりするより気軽にできますね」

「そうですそうです。まずは気軽にできることからですよ。今のままでも、十分素敵だと思いますけど……って何言ってんだろ、俺」

照れる若菜にさらに甘い言葉をかけ、その甘さに古橋自身も照れてしまうという、とんでもない状況に陥《おちい》ってしまった。

「あ、ありがとうございます。ごちそうさまでした」

いい歳した大人ふたりが何をしているのだと思い、ぺこっと会釈《えしゃく》して若菜は慌ただしく店を出る。

(古橋さんはただ私を励ましたかっただけ。勘違いしちゃだめ。ものの弾《はず》みでおかしなこと言っちゃったから照れてただけで、深い意味なんてない)

彼氏と別れてから、こんなふうに褒《ほ》められることなどなかった。意識していなかったけれど、どうやら異性に褒《ほ》められることに飢《う》えていたらしい。

嬉しくてたまらなくて、胸が高鳴って仕方なくて、若菜はそこからどうやってマンションまで帰ったのかよく覚えていない。

(小林さんに、可愛いヘアアクセサリーのお店を教えてもらおう。今度まんぷく処に行くときにつけてなくちゃ、古橋さんに失礼だもんね)

いつもより念入りに髪の手入れをしてからベッドに入り、そんなことを思いながら若菜は眠りについたのだった。


仕事のあと、若菜は駅近くのファッションビルに小林とやってきていた。

可愛いヘアアクセサリーを買うのにおすすめの店を教えてもらおうとしたら、なぜか一緒に行くことになってしまったのだ。

隣を歩く小林は、妙に張り切っていて嬉しそうだ。付き合わせて申し訳ないと思っていただけに、若菜は不思議な気持ちになる。

「ついてきてもらっちゃってすみません」

「いいんですよ。茂木さん、改造しがいがありそうですし。腕が鳴ります」

「改造って……ヘアアクセサリー買うだけですよ？」

小林のやる気に若菜はたじたじになるが、それが小林の心に火をつけてしまったらしい。ジトッとした目で見つめられ、彼女のおすすめの店へと強引に連れていかれた。

「茂木さんって、おしゃれじゃないとは言わないですけど、小物使いがうまくないんですよね。小物をもっと上手に使えば、さらにおしゃれに見えるのに」

小林が若菜を連れて入ったのは、ヘアアクセサリーや小さなピアスが並ぶ雑貨店だ。ビルの入り口に近く、通路に面した店のためそこまで広くはないけれど、棚をうまく利用して多くの商品をぎっしりと並べている。

その中から小林はまず、キラキラのラインストーンが飾るコームを手に取った。

「たぶん、適当に可愛いシュシュとか買って帰ろうって考えてたと思うんですけど、シュシュで結うだけじゃ髪型のバリエーションが増えないでしょ？　そういうときに役立つのが、このコームです」

「すごくきれいで憧《あこが》れるアイテムですけど、難しそう……」

勧められたものに心惹《ひ》かれつつも、若菜はたじろいだ。手先が器用か否《いな》かでいえば、否《いな》である。巻き髪やおしゃれなまとめ髪に憧《あこが》れてはいるものの、うまくできた試しはない。

「まあ、多少の練習は必要ですけど、慣れてしまえば案外簡単なんですよ。それに、コームを使うって選択肢があるだけで、かなり髪型の幅が広がります」

小林はスマホを素早く操作すると、結った髪の近くにコームを挿《さ》すだけのものから、半分下ろしたままのハーフアップ、果ては夜会《やかい》巻《ま》きなる髪型まで見せてくれた。

それを見せられると確かに、コームを使えるだけでかなりいろんな髪型ができることがわかる。

それから小林はマジェステとバナナクリップなるヘアアクセサリーの説明もしてくれた。これらふたつは、コームと比べて使いやすそうに感じられる。

「こういうものが存在してるのは知ってたんですけど、使ってみようとは考えませんでした。今まで、こういうお店に入ったら迷わずシュシュを買ってしまってたので」

「新しいものって、意識して取り入れようと思わないと、なかなか自分の生活圏《けん》に入ってきませんからね。でも、いろいろ積極的にいかないと幸せになれませんよー」

何となく含蓄《がんちく》がある風のことを言いながら、小林は今度はピアスを物色していた。小さなモチーフが繊細《せんさい》なチェーンの先についているものや、顔の輪郭《りんかく》からはみ出るほど大きなフープなど、若菜が持て余しそうなおしゃれ上級者ならではのアイテムばかり見ている。

「どうしても髪のセットができなくてシンプルに結うしかなかった日は、ピアスとかに頼っちゃうのもありですよ。つけるだけで顔の印象変わるんで、むしろヘアアクセよりちゃんとしてる感が出ます」

小林はいくつものピアスを手に、若菜の顔に似合うかどうかを確認している。まるで専属スタイリストのようだ。

「あの、今日私が買いに来たのはヘアアクセサリーなんですけど……。それに、ピアス穴は空けてないんですが……」

「金具を無料でイヤリングに変えてもらえるので、大丈夫ですよ。うーん、これ可愛いけど、こっちも捨てがたいなぁ……あ、茂木さんはヘアアクセで気に入ったものを購入してきちゃってください」

たじたじになる若菜をあっさり解放すると、小林はピアス選びに戻ってしまった。若菜に似合うものを選んでいたのかと思いきや、そうではなく自分で買うつもりらしい。

拍子抜けしつつも、若菜は勧められたヘアアクセサリーの中から購入するものを選ぶことにした。コームとマジェステとバナナクリップをそれぞれ一個ずつと、やはり使いやすくて安心できるシュシュを選んでレジに向かう。

日頃は数百円から千円くらいまでのものしか買わないため、思っていたよりも金額は嵩《かさ》んだ。けれども、自分だけで来店したなら決して手に取らないだろうデザインのものを買うことができて、とても満足だった。

若菜が会計を終えると、その少しあとに小林もレジに並んで何かを買っていた。

「茂木さん、スカーフとかベルトなんかも見に行きません？　別に買わなくてもいいので。スカーフとベルトを上手に使えるようになると、いまいち似合わない服を買っちゃったときとか地味めの服を着こなすときとか、かなり役に立ちますよ」

若菜に似合うものを考えるのがよほど楽しいのだろう。小林は上機嫌で言った。

本来の目的は達成していたけれど、今日はわざわざ付き合ってくれたのだ。その恩に報《むく》いるためにもここは従うべきだろうと、若菜は素直に頷《うなず》いた。

それからはいろいろな店を巡って、小林からファッション講義を受けた。

若菜も一応はファッション誌に目を通して流行をチェックしているけれど、肝の部分がいまいちわかっていないことが多かった。そういったところを小林はわかりやすい言葉で説明しつつ、若菜に似合うものを勧めてくれた。

最初はどうなることかと思ったものの、すべてが終わる頃には小林のおしゃれ力の高さにすっかり感心していた。

ビルの出口が近づいてくると、小林はなぜか最初に立ち寄った店に再び入っていった。そしてレジで何かを受け取って戻ってくると、それを若菜に差し出す。

「はい、これ。茂木さんにあげます」

「えっ？　ありがとうございます。……あ、さっきのピアス。イヤリングになってる」

渡された包みを開けると、中から先ほど小林が手に取っていたピアスのうちのひとつをイヤリングに変更したものが出てきた。繊細《せんさい》なチェーンとその先についた小さなモチーフが可愛い、上品なデザインのものだ。

「いただいてもいいんですか?」

「そりゃ、あげるって言ってるんですからもらってください」

「むしろお礼をすべきなのは私のほうなのに……」

「これは、私があげたくてあげるんですよ。茂木さんに、早く元気になってほしくて」

戸惑う若菜に、小林はニッコリ笑ってみせた。今日も長い睫毛《まつげ》がぱっちり上を向いていて、ツヤツヤの赤いリップが可愛い。

こうして仕事終わりに買い物に付き合ってくれることからもわかるけれど、この子はいい子なのだなと若菜は改めて気がついた。

「別に早く彼氏作れとか婚活しろとかは言いませんけど、幸せになってほしいなって。だって、頑張ってる人は報《むく》われなきゃおかしいですもん。だから、応援って意味で私からプレゼントです」

屈託《くったく》ない笑顔で言われて、若菜の胸は温かくなった。これまで少し苦手だなんて思っていたが、途端《とたん》に申し訳なくなってしまう。

「……ありがとうございます。そうですね、幸せになるために頑張ります。あと、今度このお礼もさせてくださいね」

全然気の利《き》いたことを言えなくて、若菜はぎこちなく笑った。こんなふうに年下の誰かに励まされたことがなくて、どう振る舞えばいいのかわからなかったのだ。

けれど、小林に頓着《とんちゃく》した様子はない。ただいたずらっぽく笑って、「じゃあ、茂木さんおすすめの、めっちゃおいしいお店に連れてってください。もちろん茂木さんのおごりで！」と言っただけだった。

（幸せになる、かあ。仕事を頑張るだけじゃなくて、いろいろ自分のために頑張らなきゃね）

帰り道、若菜は満たされた心でそんなことを思った。

第六話　優しさで包みたい

本当なら今夜はまんぷく処に来るつもりはなかったのだけれど、古橋から「今日のおすすめメニューとしてトマトすき焼きを出すのですが、来られませんか？」という魅力的なお誘いがあったから、若菜はいそいそとやってきてしまった。すきやきを食べたいなと思っても、鍋物《なべもの》はひとりぶんだとなかなか作りにくい。それに、古橋の作るトマトすき焼きがどんなものかも気になったのだ。

「いい匂いですね」

「あっしが働いてる店の豆腐を焼き豆腐にしてもらってますから、間違いなくおいしいですよ」

カウンター席ですき焼きが提供されるのを待っていると、少し離れたところに座る小豆《あずき》洗いの新井が得意げに言った。

「豆腐の配達に来たら今夜はすき焼きを出すって言われたんで、いただくことにしたんです。あっしは自分とこの豆腐をおいしく食べられる料理が好きなんです」

「新井さんのところのお豆腐、本当においしいですもんね。また豆腐づくしも食べたいなあ」

若菜が二度目に来店したときに出会った新井は、小豆洗《あずき》いなのに豆腐屋に勤めて日々大豆《だいず》を洗うことに悩んでいた。でも今は、自分の仕事に誇《ほこ》りを持てているようでよかったなと思う。何せ新井が勤める店の豆腐は、料理の主役を張れるくらいおいしいのだ。

「お待たせしました。熱いから気をつけてくださいね」

「あー、おいしそう！」

熱々の鍋《なべ》、ふっくら炊けた白米、卵の乗った盆を差し出され、若菜は感激する。

複数人でひとつの大きな鍋《なべ》を囲んで食べるすき焼きもおいしいのだけれど、大人になってこうしてお店で食べられるようになった、ザ・おひとりさま用すき焼きは特別な気分にさせてくれる。

若菜はまず卵を器《うつわ》に割り入れ、丁寧に溶きほぐしていく。グツグツと音を立てる熱々の鍋《なべ》を前にこの作業をするのはちょっぴりじれったいのだけれど、そのじれったたさすらおいしく食べるためのエッセンスだ。

「いただきます」

卵をしっかりと溶きほぐしてから、若菜が最初に箸《はし》を伸ばしたのは肉だった。大人になってから白菜も春菊《しゅんぎく》もおいしく食べられるようになったけれど、やはりすき焼きの主役は肉だ。

熱々の肉を溶き卵に浸《ひた》し、それを口に入れると、甘辛い味と肉汁と卵が合わさって幸せな味になる。何度か噛みしめてその味がなくなる前に白米を口に運ぶと、米のほんのりとした甘みが加わってさらにおいしい。

「おいしいです。火の入り具合が絶妙で、味もしっかりしみてて。次はトマトと一緒に食べてみますね」

すき焼きということでまず肉に飛びついてしまったけれど、せっかく〝トマトすき焼き〟でお誘いいただいての来店だ。次は真の主役を食べなくてはと、若菜は肉と一緒にトマトに箸《はし》を伸ばす。

フレッシュな硬めのトマトを想像していたけれど、このすき焼きの中のトマトは予想に反して柔らかく、くたっとしていた。以前流行《はや》りに便乗《びんじょう》して自宅でトマトすき焼きを作ったときは他の具材と一緒に軽く煮込んだだけだったから、こういった感触にはならなかったのだが。

どんなものかと首を傾《かし》げつつ、まずひと口食べてみる。

「甘い！　生のトマトではなくて、完熟トマトの水煮ですか？」

「そうです。それと、生のトマトも砂糖を揉《も》み込んで先に少し火を通してから入れてあるんです」

「甘くて柔らかくて、すき焼きの味に馴染《なじ》みますね。私、自分でやったときにはあまり火を通さずフレッシュな食感を残したんですけど、こうやってしっかり火を通したほうが味が馴染《なじ》んで、他の具材とも仲よくなれますね」

甘酸っぱいトマトとすき焼きの甘辛い味付けはよく合い、ご飯が進む。トマトは肉だけでなく、ネギや白菜などの野菜とも反発せずに調和していた。

「トマトを入れるだけで、何となく身体にいいものを食べてる気がしてきますね」

「トマトはビタミンやミネラルが豊富ですもんね。身体にいいことをしてる気になるっていうの、わかります。俺も何となくクリームパスタよりもトマトパスタのほうが身体にいいんじゃないかって考えますもん」

「ですよね。そういう意味だと、カルボナーラなんてトマトソースとは真逆なイメージです。すっごくおいしいですけど」

「パスタに限って言うなら、確かにトマトソースが断トツにカロリーは低いです。でも、すき焼きにトマトを入れたからって、ヘルシーな気がするだけで、低カロリーになったりはしませんけどね」

「カロリーのことは言わないでください！」

すき焼きはおいしいけれど、気になるのはやはりカロリーだ。しかも、古橋がおいしく炊いた白米を茶碗にこんもりよそってくれているから、これを完食したらどうなってしまうのだろうという不安がある。でも、残すなどという選択肢はないので、若菜は明日からのダイエットを誓ってもりもり食べる。

「新井さん、お豆腐もおいしいですよ。新井さんのところのお豆腐は、すき焼きにしてもおいしいんですね」

最後のほうに残しておいた焼き豆腐を食べて、若菜はニッコリした。他の具材を食べている間にしっかりと割り下の味が染み込んでいる。噛むとじゅわっとその汁が溢《あふ》れ、そのあとから豆腐の香りと味が口の中に広がるのだ。

「こんなにおいしく調理してもらって、あっしも嬉しいです。やっぱり、大豆《だいず》を洗うのも悪くないね」

おいしそうに食べる若菜を見て、新井は嬉しそうに言う。そうして喜んでもらえると、若菜としても嬉しかった。

(最初は新井さんの見た目にびっくりして気絶しちゃったけど、慣れたら全然平気だな。ここはおいしいご飯が食べられて妖怪さんとも仲よくなれる、いいお店だ)

お腹が満たされて身体も温まって、若菜はそうのんきに考える。

そんなときだった。

冷たい外の空気と共に、ひとりのお客が店の中に入ってきたのは。

「いらっしゃいませ」

「あの、ここはご飯屋さんですか？」

「そう、ですけど」

古橋が若干《じゃっかん》戸惑っているように感じて若菜がそちらに視線をやると、ドアのすぐそばに立っていたのは制服姿の、高校生くらいに見える少女だった。

時刻は二十二時になろうとしている。そんな時間に未成年がひとりで来たことに驚いたのかと思ったのだけれど、よくよく見て若菜も理由に気がついた。

「誰かの作ってくれる、あったかいご飯が恋しくて……」

「どうぞ、お好きな席におかけください」

古橋に促《うなが》されて安心したのか、女の子は幽霊のようにふわふわとした足取りでカウンター席に座った。実際に、幽霊なのかもしれない。その子の身体は、ほんのりと透けていたのだ。

「肉じゃがって、できますか？」

「できますよ。少々お待ちください」

先ほどは戸惑っているように見えた古橋だが、今はもう平然と少女に接していた。安心させるように頷《うなず》いてみせると、すぐさま調理に取りかかる。

（幽霊でも、ちゃんとおもてなしするってことなんだ）

若菜は驚きつつも感心していた。いつも古橋におまかせしていて特に注文をしたことはなかったけれど、どうやら言えば作ってくれるものらしい。

肉じゃがなんてありきたりなメニューなので、創作料理を出す古橋にはつまらないものなのではないかと、そんなことが若菜は少し気になった。でも、彼はただ黙々《もくもく》と具材を切り、手早く調理を進める。

タマネギを炒《いた》め、肉を炒《いた》め、ニンジン、ジャガイモ、しらたきも一緒に炒《いた》めていく。それからだし汁を入れ、砂糖と醤油とみりんを加えてグツグツ煮込みながらアクを取っていくのだけれど、それではかなり時間がかかってしまう。だから、古橋は圧力鍋《なべ》で仕上げることにしたようだ。

「できました」

取りかかってから二十分ほど経った頃、古橋は白米とお味噌汁とお新香《しんこ》と一緒に肉じゃがを提供した。

通常なら煮込むだけでも三十分はかかるのに、この短時間で立派な定食ができたことに若菜は驚いた。もしかしたら少女は年齢的にこういう定食を見たことがなかったのかもしれない。目を丸くして、でも嬉しそうにしている。

自分も高校生くらいまではファストフードやファミレスしか知らなかったことを思い出して、若菜は微笑《ほほえ》ましい気持ちになった。けれど、足にまとわりつくスネコスリをはじめとして、古橋も新井もなぜか緊張している様子だ。

「いただきます」

少女は行儀よく手を合わせ、箸《はし》を手に取って食べ始めた。

まず最初に箸《はし》を伸ばしたのは、やはりメインの肉じゃがだった。だが口をつけてすぐに首を傾《かし》げ、何だか悲しそうな顔をする。それからお新香《しんこ》やお味噌汁をおかずに白米をつついていたけれど、ずっと悲しそうなままだった。

「……お母さんの肉じゃがは、もっと優しかった」

最後にもうひと口だけ肉じゃがを食べて、少女は箸《はし》を置いた。

透けた身体が陽炎《かげろう》のように揺らいでいると思ったら、どうやら泣いているらしい。すすり泣く彼女の悲痛な声を聞き、スネコスリたちが不安そうに若菜に身を寄せてきた。

「もっと優しかった、ですか？」

泣き出した少女を前にして、古橋は戸惑っていた。いつも浮かべている柔和《にゅうわ》な笑みは消え去り、硬い表情になっている。

少女の言葉に傷ついたのだとわかって、若菜は放っておけなくなった。

「あの、古橋さん。肉じゃがをひと口、味見させてもらえませんか？」

「それはかまいませんけど……」

何か役に立てるかもと思い、若菜は鍋《なべ》に残っていた肉じゃがを小皿に取り分けてもらう。食べる前から予想していたことだったけれど、ひと口食べて若菜は確信した。

「ねえ、あなたのお母さんの肉じゃがって、もっと甘かったんじゃない？」

若菜が問うと、少女は泣きながらも頷《うなず》いた。それを見た若菜は、古橋に向き直る。

「古橋さん、砂糖を多めで、もう一度肉じゃがを作ってもらうことはできますか？」

「多めって、どのくらいですか？」

「二人前の肉じゃがだったら、大さじ三杯くらいでしょうか」

「そんなに！　わかりました」

「それから、もしあればお醤油は甘みが強い刺身《さしみ》醤油を使ってみてください」

「なるほど……わかりました」

ふたつの指示だけで若菜の意図を汲《く》んだ古橋は、再び調理に取りかかる。これで大丈夫だと安心した若菜は、膝《ひざ》まで上ってきたスネコスリたちを撫《な》でながら完成を待った。

「できました。あの、よかったら食べてもらえませんか？」

「食べてみて。きっと、気に入ると思うよ」

肉じゃがの小鉢を差し出す古橋の言葉に、若菜はそう言い添えた。少女は泣くのをやめ、その小鉢を受け取る。

また落胆したくないからか、少女はためらうように肉じゃがに箸《はし》を伸ばした。でも、ひと口食べるとその顔から憂《うれ》いは消える。

「おいしい！　甘くて優しくて、お母さんの肉じゃがに似てる」

パッと顔を輝かせ、少女は嬉しそうに言う。本当に嬉しくて感激しているらしく、ポロポロ涙をこぼしていた。でも、先ほどと違って揺らめいてはいない。透けてはいるけれど、しっかりとした様子で肉じゃがと残りの白米を食べていた。

「ごちそうさまでした。あの、お金は……」

少女は定食を食べ終えると、席を立ってスカートのポケットを探った。そこから小さな財布を取り出したのを見て、古橋がそれを制す。

「お代は結構です。そのお金は、これから行く先で必要になるでしょうから」

「……そうですね。ありがとうございました。すごくおいしかったです」

少女はペコリと頭を下げ、静かに店を出ていく。満足したからか、ドアが閉まる頃には姿が見えなくなっていた。幻のように、かすんで薄れて消えてしまったのだ。

「あー、怖かった。幽霊って馴染《なじ》みがないから、めちゃくちゃ怖かったよ」

「え？　新井さん、幽霊が怖いんですか？」

少女は去ったというのにまだ震えている新井を見て、若菜は意外に思った。彼らが緊張していた理由はわかったけれど、人間の若菜からすれば幽霊も妖怪も大して変わらない。

「妖怪だからって、別に幽霊と懇意《こんい》なわけじゃありませんよ。人間はひとくくりにしがちですけど、ものが違うんですよ」

「そうなんですか」

「ともあれ、あの幽霊少女が望むものを食べられてよかったですね」

その一言で、無事に少女を満足させることができてほっとしたという空気になった。

ふと古橋のほうを見ると、どっと疲れた様子で彼は言う。

「……何とかなりましたね。茂木さん、ありがとうございました」

「お役に立ててよかったです」

「茂木さんがいなかったら、どうなっていたことか。まだまだ未熟でお恥ずかしい……」

ですから」
「そんな。私がたまたま、甘い味付けに馴染《なじ》みがある土地で育ったからわかっただけ

「いや、そこは俺が気付くべきだったのに、全然だめだったなあと思って。……妖怪でも人間でも、ここを必要としてやってきたお客さんにとって優しい味を提供したいんですけど」

無事に少女の望みを叶えることができたのに、古橋はひどく落ち込んでいた。どうやら今回のことは、彼の理想に反することだったらしい。少女に泣かれたとき以上に、ショックを受けているようだ。

(だめだなんて、全然そんなことないんだけどな)

落ち込む古橋を見て、若菜も何だか胸が苦しくなった。

あの日、カボチャを手に泣いていた若菜を救ってくれたのは、間違いなく古橋の優しさだったのだから。

「古橋さんの優しさに救われてる人は、たくさんいると思いますよ。私も、古橋さんに声をかけてもらったからこそ、こうして元気に過ごせてるんです」

あの日のことを思い出しながら若菜は言った。

思い返せば、実に恥ずかしい話だ。悲しかったからといって、カボチャを片手に道端で泣いているような人間になど普通なら声をかけたくない。少なくとも、自分だったら嫌だと思った。気になりはしても、近寄らないようにして通り過ぎるだろう。

それなのに、古橋は見ず知らずの自分に声をかけてくれたのだ。その上、カボチャを使ったおいしい料理をごちそうしてくれた。

あの日の、古橋の優しさがあったから、若菜は失恋の悲しみや喪失感《そうしつかん》を乗り越え、今を活き活きと生きることができている。

「古橋さんは、全然だめなんかじゃないです。さっきだって、私が思いついたことをすぐに汲《く》んでくれて、あの子の望みを叶えられたじゃないですか。だから、そのままで大丈夫です」

落ち込んでほしくなくて、卑屈《ひくつ》になってほしくなくて、若菜は言う。

道端で泣いてる見ず知らずの変な女や妖怪を受け入れて、そのひとりひとりを満足させる料理を提供しようなんて、なかなかできないことだ。きっと若菜の他にも、救われている人はいるだろう。だから、自信を持ってほしかった。

「そう言っていただけると、少し気持ちが楽になります。ありがとう」

若菜の気持ちが通じたのか、そう言って古橋は笑った。まだ力のない笑みだけれど、その顔を見ると若菜は嬉しくなる。

自分の言葉で笑顔になってくれたということは、少しは彼の役に立てたのだろうか。

（いつか私も、古橋さんにもらった優しさの何割かでもお返しできたらいいんだけど）

まだ膝《ひざ》から下りる気配のないスネコスリたちを撫《な》でながら、若菜はそう思った。

第七話　年のはじめに願うこと

甘酒がないとお正月気分になれないと思って買いに出たのに、若菜はすぐさま後悔していた。

わかっていたことだけれど、外に出れば当然世間はお正月ムード。どこもかしこも人の気配がどっさりだ。

それが嫌だから食材をがっつり買い込んで、正月休みの間は家から一歩も出なくていいようにと考えていたのに。今日になって甘酒がないことに気づき、ほんの気の迷いで買いに行こうと思ったのがいけなかった。

大きな道路も、その沿線にあるコンビニも、初詣《はつもうで》なんかに行くカップルや家族連れでごった返している。単身者はお呼びでない雰囲気なだけでなく、純粋に人の多さに辟易《へきえき》して、若菜は使い慣れた近所のスーパーへと向かった。

思った通り、そのスーパーは特に混雑もなく通常営業だった。

正月らしさを演出するためのド派手なポスターや〝新春初売り〟というＰＯＰに出迎えられたけれど、さほど安くなっている気配はない。むしろ、正月前に値上がりしていた野菜などが通常価格に戻っているだけだろう。

（お正月だからって、なぁーんにもめでたいことなんかないよね）

ちょっぴりやさぐれた気持ちで、そんなことを考えた。

去年、彼氏と一緒に二年参《にねんまい》りをしたときだって別にめでたいと思ってやったわけではなく、そういうシーズンならではのイベントにカップルで参加するのが楽しかっただけだ。だから、その楽しみすら消失したら、もはや正月について思うことなど何もない。

実家に帰れば、少しくらいは正月気分を味わえたかもしれない。若菜の母はきちんとお節《せち》料理を手作りしてくれるし、久しぶりに帰ったとなれば他にもいろいろとごちそうしてくれるだろう。

でも、帰省ラッシュの時期で入手困難な飛行機や新幹線のチケットを必死に手に入れ、風邪やインフルエンザをうつされるリスクに晒《さら》されながら帰り着くほど、実家は魅力的な場所ではないのだ。

これがもっと若くて、恋人や婚約者がいれば違っただろう。むしろ大手を振って帰省したかもしれない。でも、今年で二十七歳になる若菜を世間はもうそんなに若いと見なしてくれないし、残念ながら恋人も婚約者もいない。そんな状況で帰れば、両親や親戚の悪気のない言葉に傷つけられたりイライラしたりするだけなのはわかっている。

口汚い言葉を使っても許されるならば、若さなんて、結婚なんて、クソ食らえと思う。何歳になろうと別に誰にも迷惑をかけていないし、結婚をするために生まれてきたわけではない。

それなのに、年齢のことや結婚のことを持ち出して嘆《なげ》かれたり批判されたりするのが、どうにも耐えられなかった。

世間にはびこるこの手の呪いは薄れつつあるとも聞くけれど、少なくとも若菜の出身地である九州の田舎《いなか》にはまだ存在していた。

だから両親のことは好きでも、今は実家に帰れないなと思っている。

いろいろ言われるのが嫌というより、今の自身の状況に満足できていないというのが一番の理由なのも、若菜はきちんとわかっていた。

甘酒とついでに牛乳を買って店を出ようとしたところで、自動ドアの前に思わぬ人の姿を発見した。

「え？　古橋さん？」

彼は両手に食材がもりもり入ったビニール袋を提《さ》げ、若干《じゃっかん》ふらふらになりながら店を出ようとしていた。

「あ、茂木さん。あけましておめでとうございます」

「おめでとうございます。あの、買い出しですか？」

「そうなんです。年末年始は休業するつもりだったんですけど、お客さんが来てしまって……」

そう言う古橋はげっそりしていた。おそらく、休みの予定が朝から起こされて疲れ果てているのだろう。店を開けるつもりがなかったのなら、きっと食材もなくてさぞ困ったに違いない。

「お客さんって、妖怪の方ですか？」

「神様です。小さいですけど」

「神様!?　それは大変……」

それ以上何もコメントすることができず、若菜はひとまず古橋のビニール袋をひとつ引き受けることにした。

「お手伝いしますよ。荷物持ちだけじゃなくて、お料理を作るのも。本当にただのお手伝いしかできませんけど」

「……助かります。正直、どうしたらいいのかわからなかったので。普通のお正月らしいごちそうじゃ嫌だと言ってるんです」

「つまり、お節《せち》料理をご所望《しょもう》ではないということなんですね」

「そうです」

困り果てた古橋の横で、若菜はスーパーの袋を覗《のぞ》き込んだ。古橋が買った食材をチェックして何が作れるだろうと考えてみると、いろいろとアイデアが浮かんでくる。

古橋が今大変な状況なのはわかっているものの、豊富な食材を前にすると料理好きとしてはついわくわくしてしまう。もっとも、若菜はただの料理好きで料理人ではないから、できることなどたかが知れているけれど。

「え……本当に小さい」

まんぷく処のドアを開けてすぐ目に入ったものに、若菜は感激した。

神様がいるというから内心身構えていたのだけれど、店内にいたのは体長二十センチほどの小さな小さな神様たちだった。七福神の格好をした小人のようなものたちが、好き勝手にカウンターを走り回っている。その姿は神様というより、絵本に出てくる妖精のようだ。

「正月飾りの七福神の人形たちなんです。古いものだったから、付喪神《つくもがみ》になってしまったみたいで。付喪神《つくもがみ》はご存知ですか？」

古橋に尋《たず》ねられ、若菜は頷《うなず》いた。付喪神《つくもがみ》とは、古い道具に神や精霊が宿ったとされるものだ。もしくは長い年月を経て妖怪へと変《へん》じたものだと言われている。

「神様といってもあんなに小さいんだったら、もしかしたら子供が喜びそうなもののほうがいいかもしれませんね」

走り回ったり、嫌がるスネコスリの背に乗ったりする姿を見れば、神様というより幼児だ。幼児なら確かにお節《せち》料理をはじめとした一般的なお正月のごちそうには喜ばないだろう。

「子供が喜びそうなものですか。あ、酢飯を作るつもりなんですけど、使えますか？

ちらし寿司とか巻き寿司とか」

「それなら、ちっちゃな手毬《てまり》寿司を作ります。その他にも、プチプチ可愛い食べ物を作りますね」

「わかりました。お願いします」

古橋が買ったものの中に刺身《さしみ》の盛り合わせがあるのを確認していたから、若菜はすぐさま調理に取りかかる。

まずは古橋に酢飯を用意してもらい、それをラップで包んでビー玉くらいの大きさに握っていく。その上に小さく切ったマグロ、サーモン、ハマチなどの刺身《さしみ》を乗せてもう一度キュッと握ると、小さな手毬《てまり》寿司ができあがる。ちらし寿司に使うつもりだったらしいイクラを乗せて海苔《のり》で巻けば、小さな軍艦《ぐんかん》巻きもできた。

若菜は次に油揚げを取り出して、それを十字に切って四等分し、フライパンで両面を焼いていく。その上にチーズとイクラ、小さな賽《さい》の目に切ったサーモンをマヨネーズで和《あ》えたものと刻んだトマト、わさび醤油マヨで和《あ》えた甘エビと大葉などを乗せれば、カナッペ風のものになる。

「古橋さん、梅酢を少しいただけますか？」

「わかりました」

なますを作ろうと思い、カブを薄切りにしながら言うと、古橋はすぐに梅干しの壺《つぼ》から梅酢を取り出してくれた。薄切りのカブを梅酢の中に数分漬ければ、きれいなピンク色に染まる。その染まったカブを花びらに見立てて並べていくと、皿の上に小さな花畑ができあがった。

「茂木さん、どんな感じですか？」

「こちらは手毬《てまり》寿司とカナッペとなますの三品ができました」

「よかった。こっちは鯛《たい》のアクアパッツァと、蛤《はまぐり》とミニトマトのお吸い物とシーフードカレーができたので、品数としては十分でしょう」

「すごい……おいしそうですね」

若菜が簡単な料理をちまちまと三品作っている間に、古橋は豪華で手の込んだ料理を三品作っていた。

「お寿司とカレーが並んだら、子供的にはパーティーかなと思いまして」

「しかも鯛《たい》まであるんですよ！　これは子供じゃなくてもテンション上がりますよ」

できあがった料理を前にうきうきしながら、若菜は古橋と一緒に盛りつけを始めた。

小さな神様たちが食べやすい量ずつ取り分けてお膳《ぜん》に並べていくと、小さな小さなごちそうができあがる。神様のために作ったものではあるけれど、見ていると思わず自分も食べたくなってしまった。

「あの、神様方……お待たせいたしました」

古橋はお膳《ぜん》を手に、神様たちに声をかけた。走り回っていた神様たちはぴたりと動きを止め、お膳《ぜん》のほうに走ってくる。

「うまそうじゃ、うまそうじゃ」

神様たちは銘々《めいめい》好きな皿を手に、慌ただしく食事を始めた。すべての品をきちんと七つの皿に分けて用意したのだけれど、それがひとりひとりに行き渡るのか心配になるほど騒がしく落ち着きがない。

でも、口々に「美味じゃ、美味じゃ」と言っているから、満足はしてもらえているのだろう。

「喜んでるみたいですね。茂木さんの言う通りでした」

「神様たち、意外に庶民的なものがお好みでよかったです。私はしっかりした和食は作れないので」

「茂木さんは基礎ができているから、和食も勉強したらすぐに上達すると思いますよ」

「ですかね」

小さな神様たちのにぎやかな食事風景を眺めながら、古橋と若菜はそんな話をする。ふたりの間に流れるのはちょっとした連帯感と達成感だ。もともと予定になかったことだけれど、こういうお正月もいいなと若菜は思う。

「美味じゃった。美味じゃった」

「褒美《ほうび》じゃ。褒美《ほうび》を取らせよう」

「何でも願いを言うがよい」

食事を終えたらしい神様たちが、また騒がしく若菜たちのところへ走ってきた。一斉にしゃべるから何を言っているのかすぐにはわからず、ふたりは顔を見合わせる。けれど、しばらく聞いているうちに理解できた。

「だったら、商売繁盛《はんじょう》！　商売繁盛《はんじょう》でお願いします！」

「よきかな、よきかな。たやすいことじゃ」

古橋の願いに対して、神様たちはカカカと笑った。そして今度はお前の番だとでも言うように、若菜のほうに向き直る。

「えっと、私は……私は、料理を作ることを仕事にしたいです。料理を作ったりレシピを考えたり、そういうのを仕事にしたいです」

少し考えてから、若菜はそう口にした。それはずっと、胸の中に秘めていたことだ。今は近いようで遠い仕事をしているけれど、その夢をあきらめたわけではない。

「よい、よい。たやすいことじゃな」

若菜の言葉に神様たちはニコニコ頷《うなず》いてから、ペコリと頭を下げてどこかへ走り去っていった。

「……行っちゃった」

「登場も騒がしかったですけど、帰りも騒がしかったですね。でも、無事にもてなせたみたいでよかった……」

神様たちが去っていったのは、店の奥のほうだ。ということは、よそへ行ったわけではなく、この建物の中に住んでいるということだろう。

「もしかして、このお店の奥ってご自宅ですか？」

「そうなんですよ」

「そちらで寝てたら、朝から神様たちに叩き起こされたんですか？」

「はい。いきなりでしたよ……」

「それは大変……」

やはり予想していた通りだったようだ。少し手伝っただけの若菜でもあの騒がしさには疲れてしまったのだから、あれに起こされた古橋の疲れは想像に難《かた》くない。でも、その顔は晴れ晴れとしていた。

「茂木さん、疲れたでしょう。何か甘いものでもどうですか?」

「あ、それなら甘酒があるんですけど、ご一緒しませんか?」

「いいですね。せっかくだから、少し温めましょう」

若菜はスーパーの袋から甘酒の瓶《びん》を取り出して渡す。安い紙パックのものを探しに行ったのに、お正月だからか瓶《びん》入りのちゃんとしたものが売られていて得をした気分だったのだけれど、こうして誰かと飲めるのだからさらにいい気分だ。

「あの、スネコスリちゃんたちも飲めますか?」

「大丈夫ですよ。おいで、スネ、コス、リー」

古橋は鍋《なべ》で甘酒を温めながら、店の隅《すみ》で震えていたスネコスリたちを呼んだ。小さな神様たちにいじめられて、すっかり毛並みが乱れている。

「熱くはないけど、気をつけて飲むんだよ」

鍋《なべ》からお猪口《ちょこ》に甘酒を取り分けて、古橋はスネコスリたちの前にそれぞれ置く。スネコスリは鼻をフンフンと動かして匂いを確認してから、ペロペロと飲み始めた。

「茂木さん、我々の分もできました。どうぞ」

「ありがとうございます。わあ、柚子《ゆず》の皮が乗ってる」

「お吸い物の吸い口が余ってたので。これが結構いけるんですよ」

古橋から湯呑《ゆのみ》を受け取った若菜は、息を吹きかけて冷ましてから飲む。湯呑《ゆのみ》に口をつけた瞬間から柚子《ゆず》の爽《さわ》やかな香りが鼻に抜けて、甘酒の甘さを引き立てていた。

「うちの店のことに付き合わせてしまって、すみません」

「いいんですよ。どうせ家で適当に何か食べて甘酒飲んでネットで映画見るくらいしかすることありませんでしたし。それに、古橋さんと並んでお料理するの、楽しかったです」

「よかった。そう言ってもらえて、安心しました。俺も楽しかったです」

若菜が甘酒を飲んでほっこりしながら言うと、古橋もほっとしたように笑った。ひとりで正月を過ごすはずだったのが、こうして思いがけず誰かと過ごせるようになったことに、若菜だけでなく古橋も満ち足りた様子だ。

「茂木さん、料理を仕事にしたいんですね」

先ほど神様に願ったことを思い出したらしく、古橋が言った。自分の夢を人に話したことがあまりなかったため、若菜は少し照れてしまう。

「そうなんです。今はフリーペーパーの編集者ですけど、もともとは『グルメ記事、美容記事、オリジナル料理のレシピなどにご興味のある方大募集』みたいな求人に惹《ひ》かれて今の会社に入ったんですよ。でも、いざ採用されてみたら今はレシピは外注してて内部では作ってないって言われて、ならいずれ任せてもらえるようにってグルメ記事の担当をやってるんですよね……上司がその約束を覚えてるのか、わかりませんけど」

「そうだったんですか……でも、やりたいと思っていれば、いつかきっと縁が巡ってきますよ。そのときを逃さずに、食らいついてください」

何か思うところがあったのか、古橋は力強く言った。無謀《むぼう》だと言われることも、軽くあしらわれることもなくて、それだけで若菜は励まされたような気になったのに、そう言ってもらえるとても勇気づけられる。

「ありがとうございます。現実味のあることとして受け取ってもらえて、すごく嬉しかったです」

「実は自分も脱《だつ》サラして今の店をやってるので、何だか他人事だと思えなくて」

「そうだったんですか！　てっきり料理人一本で来たのかと」

「ここ、もともと祖母がやっていた店だったんですけど、祖母亡きあと常連だった妖怪たちが俺のことを探しにきて、『何とか店を続けてくれないか』って頼まれたんですよ。ちょうど激務に疲れ果てていましたし、祖母の影響で料理は好きだったから、渡りに舟と思って継いだというわけです」

「だからマリアンヌさんやルシアンさんとは古い付き合いだって言ってたんですね」

古橋の思いがけぬ告白に、若菜は驚いた。でもそれを聞いて、オープンして間もないはずのこの店に、古い付き合いだとか常連だとかいう人たちがいる理由がわかった。

「脱《だつ》サラしてお店をやるのって、大変じゃありませんでしたか？」

「高校生の頃から食べ物屋でバイトしてましたから、そうでもなかったですよ。それよりも脱《だつ》サラしたり祖母の店を継いだりすることを親に話したときが大変でした……」

「あ、やっぱり……」

古橋がストレートに料理人の道を目指さなかったことから想像できてはいたけれど、やはりそうなのだなと納得してしまった。

若菜も、実家の親に話せば反対されることは容易に想像できる。

「でも、信じた道をいくしかないですよね。……あら、おかわりが欲しいの？」

しみじみと言った若菜の手に、スネとコスとリーが揃《そろ》って頭をこすりつけてきた。

ふわふわの触り心地に、思わず笑顔になる。

「すっかり懐《なつ》かれましたね。最初の頃は、茂木さんを転ばせようと必死だったのに」

「え？　あれ、転ばせようとしてたんですか？　てっきり、甘えられてるとばかり……」

「今は甘えてますけどね。人の足にまとわりついて、転ばせてなんぼの妖怪ですから。俺もよくやられてましたよ。……でも、こいつらがこうして懐《なつ》いてるってことは、茂木さんの中で迷いが消えかけてる証拠ですよ。だから、きっと大丈夫」

スネコスリの生態というかまとわりついていた理由を知って驚いたけれど、今は懐《なつ》いてくれているという事実に若菜は安堵《あんど》した。彼らが懐《なつ》いている理由として古橋が言ったことも、さらに背中を押してくれる。

「そうですね。とりあえず、縁が巡ってくるよう頑張ってみます。神様にお願いもしたし」

若菜は、自分に誓うようにそう呟《つぶや》くのだった。

第八話　動き出した気持ち

ふと気がつけば一月下旬になっていて、そのことに若菜はこっそり自分のデスクで震えた。でも震えたところで仕事は片付いてくれないから、すぐに頭を切り替えてキーボードを叩く。「一月は行く、二月は逃げる、三月は去る」などと言われるように、年明けから年度末に向けて恐ろしい速度で時間は過ぎるのだから、ぼーっとしている暇《ひま》などないのだ。

それに、若菜の周りにはここのところ気忙《きぜわ》しさの他に不穏な空気が漂《ただよ》っているし、新たに悩みの種がひとつ生まれている。

不穏な空気が漂《ただよ》い始めたのは、編集長が「広告枠が増えるから、来年度からは誌面の構成が変わる」と言ったことがきっかけだった。

それはつまり、どこかのコーナーが縮小《しゅくしょう》されるか、なくなるということだ。もっと言うなら、人員の削減《さくげん》が行われるということでもある。おそらく誌面の変更に伴《ともな》って、社員ひとりにふたつのコーナーを担当させることになるだろうと、先輩社員がボソッと呟《つぶや》いていた。

小林が「縮小《しゅくしょう》されるなら絶対、美容系の記事ですよね……」などと珍しく暗いトーンで言っていたけれど、若菜は違うと思っている。

若菜の考えでは、縮小《しゅくしょう》されるのは美容系とグルメ系のふたつだ。縮小《しゅくしょう》して、ひとつのコーナー分の誌面を分け合うことになるだろう。このふたつは以前から読者の食いつきが悪いらしく、もっと読者のニーズに応えられるようにしてくれと編集長から言われていた。

さらに、大学時代の友人から舞い込んできた誘いが、この誌面縮小《しゅくしょう》のことと合わさって若菜を悩ませていた。

その誘いというのは、簡単に言えば転職の誘いだった。友人が料理教室を開くから、一緒に働かないかというのだ。

若菜は大学時代から自炊《じすい》をしていて、それが高《こう》じて料理好きになった。いずれ料理に関わる仕事をしたいと言っていたのを、友人は覚えていてくれたのだ。

もう教室として使う場所は押さえていて、役所で諸々《もろもろ》の手続きも済ませてある。あとは一緒に働いてくれる人が必要なだけで、生徒集めの方法も、今後の展開も考えているとのことだった。

もしかしたら今の職場を辞めることになるかもしれない状況にあって、まさに渡りに舟のような話だと思う。親しい友人と一緒なら安心だし、ずっとやりたかった仕事だ。

でも、収入面や将来性、そして住み慣れた場所を離れなければならないという不安が若菜に二の足を踏ませていた。

いずれ転職活動をするにせよ友人のこの誘いに乗ってもいいのか、いまいち確信を持てずにいるのだ。

こんなときになって、自分がすごく保守的な考え方をすることに気づかされた。忙しさに加えて自己嫌悪に陥《おちい》ってしまい、それが若菜の心を沈ませていた。

『今夜、まんぷく処にいらっしゃいませんか？　ルシアンさんのリクエストで、親しみやすい薬膳《やくぜん》を作ってみたんです』

トイレ休憩をしに席を立ったとき、スマホを確認すると古橋からメッセージが来ていた。エプロンをした可愛いクマがペコッとお辞儀《じぎ》をするスタンプつき。

殺伐《さつばつ》としていた心が、そのメッセージを見たことで和《なご》んだ。強張《こわば》っていた顔に、自然と笑みが浮かぶのがわかる。

「茂木さん、何か機嫌がいいですね。もしかして、デートのお誘いが来たとかですか？」

鏡の前で髪を結い直していると、あとからお手洗いに入ってきた小林がそう声をかけてきた。この子はやっぱり目ざといなと思いつつも、顔色が悪いのが気になる。小林は小林で、やはり疲れているのだろう。

「あー、私も何かいいことないかなー。たとえばイケメン社長に見初《みそ》められて玉の輿《こし》に乗っちゃうとかー、石油王に第十三夫人にしてやるって言われるとかー、それで寿《ことぶき》退社とかー。……ウッソー。私、ちゃんと自分で働いてたいし。お金持ちと結婚したって、別にそのお金が私のものになるわけじゃないし」

小林はまくしたてるように現実味のないことを言ってから、自分で冷静にツッコミを入れていた。それがおかしくて、若菜はつい笑ってしまう。

「私、小林さんのそういう考え方、好きですよ」

「えー？　本当ですかー？　でも、冗談抜きでそう思いません？　稼ぎのいい男と結婚しても別に気前がいいとは限らないし、稼ぎでマウント取られるなんて嫌だし、妊娠出産で休職したときに『誰のおかげで生活できてると思ってんだ』なんて言われたら我慢ならないし」

「本当にそうですね。稼ぎがどうとかより、そんなことを思ったり言ったりしない人と結婚できたらいいですね。……まあ、結婚が必ずしも救いになるわけではないんでしょうけど」

「ですよねー……」

言いながら、自分たちの不安はそういうこととは違うところに起因していると気がついて、若菜も小林も口を閉じた。

ふたりが今抱えているのは、このまま仕事を続けていけるのかという不安。生きていけるのかという不安。自分が望む仕事をするにはどうしたらいいのかという不安。

その不安を別の悩みにすり替えて愚痴《ぐち》っただけで、たぶん今は結婚とかそんなことに悩んでいるわけではないのだ。

ただ、この不安から逃れるために支えてくれる人が精神的にも物理的にも欲しいという気持ちはある。でも、そんな甘えた考えでは結局、違うストレスを抱える未来が見えているから虚《むな》しくなってしまったのだ。

「ま、玉の輿《こし》で寿《ことぶき》退社は冗談にしても、人生に潤《うるお》いは必要ですよ。というわけで、デート楽しんできてくださいね！　仕事が忙しいとかを理由に断っちゃ、だめですよ」

「デ、デートっていうか食事に誘われただけなんだけど……」

「それでも十分です！　楽しいことしなくちゃ。最近の茂木さん、せっかく素敵になってきたんですから」

言いたいことを言ったからか、人の恋バナに口を出すのが好きだからか、少しすっきりした様子で小林はお手洗いから出ていった。

「素敵に、なってきたかなあ……？」

ひとり残された若菜は鏡の中の自分を見つめて、静かに照れた。

小林に背中を押されたし、仕事にも一応の目処《めど》がついたから、若菜は帰りにまんぷく処へ顔を出すことにした。

「こんばんは」

「茂木さん、いらっしゃいませ」

「おー、レディ！　何て不健康な様子なんだ！」

提灯《ちょうちん》お化けの明野さんに案内されてオーク材のドアを開けると、いつものように古橋の柔和《にゅうわ》な笑顔が迎えてくれる。でも今夜は、それを遮《さえぎ》るようにルシアンが若菜に迫ってきた。

「おぉ……寝不足？　ストレス？　エナドリ飲みすぎ？　お肌カサカサ、髪も若干《じゃっかん》パサパサだし、血液はドロドロ……。これじゃ食べられなーい。今レディ、とってもおいしくないガールだね」

「お、おいしくないって、そんなことわかるんですか？」

「わかるよ、そりゃあ。だって若くて可愛いレディ、ワタシの主食。おいしいレディとおいしくないレディを見分けるの、いい男の嗜《たしな》みね」

食べ物認定されずに済んだことはいいにしても、不健康であることは否定できないと、若菜はこっそり頬《ほお》に手を当てた。確かにここのところ化粧ノリは悪いし、血色の悪さをメイクでカバーするのもなかなか大変だった。エナジードリンクは飲んでいないけれど、栄養ドリンクのお世話になるのはほぼ毎日のことだ。

「血液ドロドロ……」

「ささ、まずは座ってください。今日はお疲れの茂木さんにぴったりのメニューをお出ししますからね」

　自分の健康のことでショックを受けている若菜に、古橋はにこやかにカウンター席を勧める。言われるままに座った若菜の前には、すぐにおいしそうな料理の乗った盆が置かれた。

「すごい！　品数が多いですね」

「いろいろな薬効のある食材を食べていただこうと思って」

「薬膳《やくぜん》って、もっと地味でとっつきにくいお料理かと思ったんですけど、何だか馴染《なじ》みがある食べ物ばっかりですね」

　並べられた料理の数々に、若菜は目を丸くした。カレーにお焼きのようなもの、白っぽい澄んだスープにカボチャの煮物っぽいもの、さらには杏仁豆腐《あんにんどうふ》と、見たことがあるような料理ばかりだったからだ。これまで若菜の中で薬膳《やくぜん》といえば、お粥《かゆ》のようなものをはじめとして、豆や野菜といった健康によさそうなものが前面に押し出された料理というイメージだった。

「いただきます」

若菜はまずカレーの皿に手を伸ばした。

そのカレーは水分少なめで、スプーンですくうとゴロッとした具材が覗《のぞ》く。白米と一緒に口に含むと、その具材はホロッとくずれた。

「これは、ツナですか？　お魚っぽい食感……それに、何かカリカリしたものも入ってます」

「それ、鯖《さば》とクルミのカレーなんです。鯖《さば》もクルミも身体を温める効果があるので、冷え症《しょう》や肩こりに効くと思います」

「鯖《さば》とクルミですか。食感が面白いですし、おいしいですね。カレーは食べるとポカポカしてきて元気になる気がします」

「冷えは万病のもとです。しっかり温まってください」

「はい」

カレーで少し元気を取り戻したような気になった若菜は、次にスープを食べてみることにした。レンゲですくうと、湯気と一緒にごま油が香ってくる。メインの具材はネギと鶏肉だけというシンプルなものだけれど、その香りのよさに食欲をそそられた。

「んー！　鶏肉が柔らかくて甘みが強いですね。それに食べてるそばから温まってきます。このいい香り、生姜《しょうが》も入ってますよね？」

「生姜《しょうが》と、お酒が入ってるんです。これは麻油鶏《マーユージ》という台湾の有名な薬膳《やくぜん》スープなんですよ。産後の栄養補給のために飲まれるほど栄養たっぷりなんです」

「お酒で煮るから鶏肉が柔らかいんですね。飲みやすくておいしい！　身体に沁《し》みますね」

　カレーとスープですっかり温まった若菜は、他のおかずにも箸《はし》を伸ばす。そんなに空腹だったつもりはないのに食欲が刺激されたらしく、どんどん食べたい気分になっていた。

「それはカボチャの炒《いた》め物なんですよ。普段なら捨ててしまうワタや種にも栄養が詰まっているので、一緒に炒《いた》めてます」

　若菜がカボチャを食《しょく》したのを見計らって、古橋はそう言った。

「炒《いた》め物だったんですね。ニンニクとお出汁《だし》が利《き》いててすごくおいしいです。種の食感もいいアクセントになってますね」

「カボチャの種は泌尿器系《ひにょうき》に薬効があるそうです」

それは助かるなと思いつつ、若菜は黙々《もくもく》とその料理をいただいた。ストレスや疲れが溜まるとお手洗いが近くなったり膀胱炎《ぼうこうえん》になったりする悩みがあるから、カボチャの種の薬効は非常にありがたかった。

「そのチヂミは豆腐と大葉が入ってるんですよ。どちらも身近な食材ですけど、豆腐は腸《ちょう》を活性化させ、大葉は気の巡りをよくするんです」

「そんな薬効があるんですね。チヂミも、すごくおいしいです。実は焼き肉屋さんで必ず頼むほど好きなんです」

「焼き肉屋さんに行かれることがあるんですね。ガッツリお肉を食べる茂木さんってイメージできないから、何だか意外です」

「お肉も大好きですよ。ステーキを食べに行ったら二百グラムはペロッといけます」

「何と！　茂木さんは大のお肉好き、覚えておきます」

楽しく談笑《だんしょう》しながら、若菜は目の前の薬膳《やくぜん》をどんどん食《しょく》していく。品数は多いけれどほどよい量なため、デザートの杏仁豆腐《あんにん》にも難なくたどり着くことができた。

「杏仁《あんにん》豆腐にも薬効があるんですね。ただのおいしいデザートだと思ってました」

「杏《あんず》の種は肺を潤《うるお》して大腸にもよくて、トッピングのクコの実は滋養強壮《じようきようそう》にいいんです」

「これも古橋さんの手作りなんですか？」

「はい。デザート作りも頑張ってますよ」

「すごいですね。ありがたいなあ」

杏仁《あんにん》豆腐は酸味がほとんどなくて優しい甘みがあり、ツルンと口の中をすべっていくのが心地よかった。料理のあとにこういった甘いものがあるとほっとする。出された料理をすべて食《しよく》したことで、文字通り身も心も癒《い》やされたという感じだ。

「締めというか、食後にぜひ飲んでもらいたいと思って用意しておいたものがあるので、どうぞ」

ほっと息をついている若菜の前に、古橋は陶器《とうき》のタンブラーを置いた。中には湯気の立ち上るワインが入っている。

「ホットワインですか！　嬉しい」

「ナツメ、クコの実、ハチミツ、サフラン、シナモンスティック、オレンジピールが入った薬膳《やくぜん》ホットワインです。美容にいいものを中心に入れてみました」

「甘くていい香りで、すごくおいしいです」

食後にいつも出されるのはお茶だ。だから、思わぬサプライズに若菜は感激する。ホットワインはほどよくアルコールが飛んでおり、いい香りと自然な甘みがついていて、とても飲みやすかった。まさに食後の一杯に相応《ふさわ》しく、料理で癒《い》やされた心身がさらに緩《ゆる》むような心地だった。

「この薬膳《やくぜん》は上々だったのだね。レディの顔を見ればわかるよ。癒《い》やされて、元気になったね。ワタシは食べないけど、これを食べて誰か元気になるのを見たかった。だから、大満足ヨ」

ホットワインでいい気分になっている若菜を見て、ルシアンが言った。若菜は食事に夢中だったので気づかなかったけれど、どうやら観察されていたらしい。

「ずっと見てたけど、血色が全然違うもんネ。これなら、おいしく血をいただけそうだ」

「だ、だめですよ！　というより、食事してるところをじっと見ないでください」

「レディは食べてる姿が魅力的だから、見ないでいるのは無理だよー」

「魅力的って……」

パチンとウインクしてくるルシアンに、若菜は照れるよりもうんざりした。

でも、食べている姿が魅力的に映ったのは、古橋のおかげだろうなとも考える。

（料理って、本当に癒《い》やしだし救いだ。出会いのときだって今だって、古橋さんの料理は私の心を救ってくれてる）

食事の前よりも疲れが取れて気持ちが楽になっているのに気づいて、若菜は古橋の料理と彼自身の存在に改めて感謝した。古橋があの日声をかけて料理を食べさせてくれなければ、そして今日もメッセージで誘ってくれていなければ、若菜は苦しいままだっただろう。

そう考えると、古橋に恩を感じると共に、料理の偉大さをしみじみと感じる。

「私も、古橋さんみたいに料理で誰かのためになれたらいいなって思います。迷ってましたけど、今日のご飯をいただいて改めてその気持ちが強くなりました。ありがとうございます」

「そうですか。お役に立てたようで、よかったです」

若菜が改まって言うと、古橋は少し驚いた顔をしたあと、笑顔になって頷《うなず》いた。

その笑顔を見て、若菜はさらに頑張ろうと思えたのだった。

第九話　溢《あふ》れる想いをくるりと包んで

年明け以降も年度末にかけて、忙しい日々はずっと続いている。

そんな中、癒《い》やしとなるのはやはり食べ物で、若菜は小林と一緒にお気に入りのカレー屋に来ていた。

「何かここ、知る人ぞ知るって感じのお店ですね」

小洒落《こじゃれ》た店でばかり食事をする小林は、どうやら雑居《ざっきょ》ビルに間借りして営業することの店が珍しいらしく、席についてもキョロキョロしていた。

「モツ鍋《なべ》屋さんの店舗を昼間だけ借りて営業してるので、外からはパッと見、何屋なのかわからないお店ですもんね。ただ歩いてるだけじゃ気がつかないかも」

「めちゃくちゃ隠れ家的なお店じゃないですか。私に教えちゃってもいいんですか？」

「んー？　別にそんな深い意味はなくて、ランチしに行くのにいちいちお店探すのも、行列に並ぶのも嫌だったから、馴染《なじ》みのお店に来ただけですよ」

そう言いつつも、この店を小林に教えておきたいという気持ちはあった。

今の会社を辞めたら、この店に来ることもなくなってしまう。それが寂しいというのもあるし、この店に新たに人を呼び込んでおくのが、離れていく常連の嗜《たしな》みかと考えたのだ。

若菜が来られなくなっても、たまにでいいから代わりに小林に来てほしいし、こうして若菜が紹介したみたいに、小林も誰かに紹介してほしいなと考えてしまう。

でも、そんなことを考えているのは小林には内緒だ。もうじき辞めることは伝えるつもりだけれど、それは今日ではないから。

「茂木さん、おすすめって何ですか?」

「辛いものが苦手でなければ、チキンカレーがおすすめですよ」

「うーん。じゃあ、カレードリアにしよう。あと、マンゴーラッシー」

おすすめを聞いても自分のセンスで選ぶのだなと内心で苦笑しながら、若菜は店員にふたり分の注文を伝え、ほっと息をついた。小林もここ最近の激務で疲れているようで、少しの間ぼーっとしていた。

注文したものが運ばれてきて、しばらく食べるのに集中していたとき。

「そういえば、明日はバレンタインですけど、ちゃんと渡すものの用意しましたか?」

「え?」

不意にそんなことを尋《たず》ねられ、若菜は固まった。この子はいきなり間合いを詰めてジャブを打ってくるなあと、内心で冷や汗をかく。

「『え?』じゃないですよ。食事に誘ってくれたり、ここ最近茂木さんを前向きにさせたりしてる人がいるじゃないですか。その人にちゃんとバレンタインの贈り物をしないと。まさか、もうだめになっちゃったんですか?」

「いや、だめになってはいませんけど、チョコを贈るような間柄でもないというか……」

「何それ！　チョコを贈るのに間柄とか関係ないでしょ！　それに食事に行ったりしてるってことはそれなりに親しい仲なんでしょうから、何を渋《しぶ》る必要があるっていうんですか?」

「まあ、そうなんだけど……そうかな……うーん……」

何となく小林はバレンタインとかの話題が好きだろうなと感じていたけれど、まさかここまで熱弁を振るわれるとは思わなかったため、若菜はたじろいだ。意中の相手がいるのにチョコを贈るのを渋《しぶ》るなんて、彼女の目にはまるで異教徒のように映っているのだろう。

「ちなみに小林さんは、もう用意したんですか？」

さりげなく話題の矛先《ほこさき》を変えようと、若菜は尋《たず》ねてみた。これでどんなものを買ったのかとか、どこの店のものがよさそうだったかを聞いてあげれば、異教徒に対する憤《いきどお》りも少しは収まってくれるに違いない。

「もちろん用意しましたよ。相手は五人いるので、ちゃんと五人分。それぞれが気に入りそうなお店で選びました」

「え？　五人？　五人って、彼氏が五人？」

想像の斜め上をいく返答に、若菜はまたまたたじろいだ。だが若菜を驚かせたことになど気づかず、小林は淡々《たんたん》と語る。

「彼氏ではなく、今のところはまだ候補ですね。食事に行ったり出かけてみたりして、吟味《ぎんみ》してるところです。あ、相手も同じですよ。たぶん、私以外にも同時進行でやりとりしてる子がいて、選んでるんだと思います。一回や二回のデートじゃ、相性なんてわかりませんもん。というわけで、バレンタインってやっぱり何かが動く大事な日なんですよ。今回チョコを渡した中に、私の未来の夫がいるかもしれません」

「なるほど……大学受験みたいですね。専願《せんがん》ではなく併願《へいがん》。絞《しぼ》らないことによる勝利、みたいな」

「そうですよー。絞《しぼ》らないことも大事です。そういうことできそうにないんですから、茂木さんこそバレンタインを大事にしないと。イベントを自分で起こすんですよ」

「イベント……」

話をそらそうとしたのに結局自分のほうに返ってきてしまって、若菜は震えた。

その後、よさそうな店の情報について聞き出せたのはよかったものの、戦場へと送り出すかのような叱咤激励《しったげきれい》をされてしまったため、せっかくのカレーの味がいまいちよくわからなかった。


(ただ店に来る客ってだけの私にチョコなんてもらって、迷惑じゃないかな……)

バレンタイン当日、仕事終わりに駅から歩きながら、若菜はそんなことを考えていた。

昨日は結局、ランチのときに小林に言われたのもあって、仕事が終わってからデパートに行ってチョコを購入したのだ。

小林が勧めてくれた海外ブランドのものはおしゃれで今話題になっているだけあって、ほとんど売り切れてしまっていた。だからさんざん悩んでから、国内の老舗《しにせ》洋菓子店の三千円ほどのギフトを購入した。

「そんなに悩むなら、日頃のお礼ってことで深い意味はないって自分に言い訳したらいいじゃないですか」

小林にそんなふうに背中を押されてしまったため、買わないわけにはいかなかった。

それに、古橋にあげたいかあげたくないかで言えば、あげたい。お世話になっているというのももちろんあるし……異性として関心がないと言えば嘘になる。

店に行けばいつもおいしいものを食べさせてくれるし、元彼に待ち伏せされて怖かったと言えば心配して連絡先まで交換してくれた。「何かあればすぐ呼んでください」と。

そんな人をいいなと思わないほうが、無理なのだ。

とはいえ、その好意を示すために贈り物をするというのは、なかなかにハードルが高い。

（さらっと渡しちゃえばいいんだよね。値段も、日頃のお礼と言ってのけられるくらいのものにしたし）

まんぷく処のある通りに入り、提灯《ちょうちん》お化けの明野の姿が目に入ったとき、若菜はそう腹をくくった。明野に照らされた飛び石の上を歩いていけば、あとはもうオーク材のドアを開けるしかない。

「こんばんは」

「こんばんは！　いらっしゃいませ！」

ドアを開けると、暖かな空気と古橋の明るい笑顔に迎えられた。店内に入ってほっと息をつくと、先ほどまで店に来るかどうか悩んでいた気持ちが嘘のようになくなった。それと同時に、店内を満たすおいしそうな香りに、お腹が空いていることを強く自覚させられる。

「いい匂いがしますね。今夜のおすすめは何ですか？」

「えっと、まあ……いろいろできますけど、特別なメニューがあったりなかったり……」

いつものように今夜のおすすめを尋《たず》ねたら、古橋の返事は珍しく歯切れが悪かった。

どうしたものかと若菜が首を傾《かし》げると、先に来ていたマリアンヌが笑った。

「若菜ちゃん、〝バレンタインセット〟を頼んであげて。みっちゃんが頑張って考案したっていうのもあるんだけど、味見に付き合わされた人たちをねぎらう意味でもね」

マリアンヌに小声で耳打ちされて店内を見回すと、皿洗いの流川は暗い顔でお腹をさすり、スネコスリたちはカウンターのすみで「けっぷ」と言っていた。その様子から食べすぎなのがわかって、若菜は苦笑する。

「古橋さん……バレンタインっぽいものってありますか？　今夜は、そういうのが食べたい気分なんですけど」

「は、はい！　もちろん！」

そわそわと落ち着かなそうにしている古橋に声をかけると、なぜか焦《あせ》ったような返事が返ってきた。でも、いそいそと嬉しそうに支度を始めるから、やっぱり頼んでよかったらしい。

「これからあの、ちょっと集中しますので、少々お待ちください」

「は、はい」

何やら緊張した様子で言われ、若菜も心持ち背筋を伸ばす。でも、すぐに気になってしまってマリアンヌに話しかけた。

「古橋さんがこんなふうに緊張したりとか、スネコスリちゃんたちまでお腹いっぱいになるほど試食をさせたりするのって、よくあることなんですか？」

「よくあることなわけないじゃない。じゃなきゃ今頃、スネコスリたちはぷくぷくの毛玉よ？　今回はいつになく気合い入ってるってことよー」

「そうなんですね」

若菜とマリアンヌがコソコソと話している間に、古橋はケチャップライスを用意し、フライパンを温め、猛然《もうぜん》と卵をかき混ぜていた。その手順からしておそらくオムライスなのだろうけれど、ものすごく真剣な様子だ。もしかしたら違う料理なのか、何か難しいことをしているのかと、待たされる側まで緊張してきてしまう。

古橋は温めたフライパンに卵液を流し込むと、少ししてからフライパンの中央に箸《はし》を突き立てた。それから柄《え》を持って、ゆっくりとフライパンを回し始める。

端《はた》で見ているだけでは、一体何をしているかわからない。でも、古橋がほっと息をついて笑顔になったのを見れば、うまくいったのだということが伝わってきた。

「お待たせいたしました。バレンタイン限定、花咲くオムライスです」

「わあ……！」

古橋が真っ白な磁器《じき》に盛ったオムライスを若菜の前に置いた。

それは、ただのオムライスではない。卵が黄色いバラのようになったオムライスだ。

フライパンをくるくる回していたのは、どうやらこの花弁を作るためだったらしい。

「すごい……きれい。こんな素敵なオムライス、食べるの初めてです！」

ドレス・ド・オムライスというのが、数年前から話題になっていたのは知っていた。

とはいえ若菜はあくまで味重視なので、話題になったお店にわざわざ足を運ぶこともなかったし、こういったものを自分で作ることにも興味がなかった。

けれど、実物を前にすると気持ちが変わった。ツヤツヤでトロトロの半熟卵がまさにドレスアップしている姿は美しい。古橋がこれをわざわざ作ってくれたのだと思うと、なおさら感動してしまい、これほどおいしそうなオムライスは他にないとさえ思える。

バラの形のオムライスが美しいのはさることながら、周りを彩《いろど》るソースも見栄えに凝《こ》っていた。ただのデミグラスソースではなく、飾り切りしたニンジンが入っている。しかもその形がハートだということに、若菜の頬《ほお》は緩《ゆる》んだ。

「いただきます」

美しい卵を崩すのがもったいないと思いつつも、若菜はスプーンでひとさじすくって口に運んだ。

「ん……卵が口の中でほどけて、ご飯と絡《から》み合っておいしいです。卵がほんのり甘みを感じさせるから、ケチャップライスの酸味と塩気と混じり合ったときに、口の中にたくさんの〝おいしい〟が溢《あふ》れますね」

「よかったです。中にも喜んでいただけそうなものを隠してありますので、ご期待ください」

頬《ほお》に手を当ててうっとりする若菜に、古橋はほくほくとした表情を見せる。若菜は勧められるまま、美しいオムライスを食べ進めた。

「あれ？　これは、お肉？　すごく柔らか……スプーンで崩れましたよ」

食べ進めていくと、中からゴロッと肉が顔を覗《のぞ》かせた。ケチャップライスの中に、まさかの肉のかたまり。でもそれはよく煮込まれているのか、スプーンでつつくだけでホロッとほぐれた。

「牛頬肉《ほほにく》の煮込みです。じっくり煮込んであるので、柔らかですよ。周りのソースにも牛の旨味《うまみ》が溶け込んでるはずです」

「このおいしさは、牛を煮込んでいたからなんですね。ただのデミグラスソースでもハヤシソースでもおいしいのに、ビーフシチューをかけたオムライスがおいしくないわけないですよね！」

若菜は肉好きだ。ふわとろオムライスだけでも幸せだったのに、好物の肉が現れたことでさらに幸福度が増した。

そこからは、感想を言うのもそっちのけで黙々《もくもく》と食べ続けた。卵とケチャップライスだけでも、ビーフシチューと合わせても、肉と一緒に口に運んでも、それぞれの味わいがあっておいしい。

口いっぱいに広がる幸せを噛みしめながら、若菜はペロリとオムライスを平《たい》らげた。

「ごちそうさまでした！　すっごくおいしくて、いつにも増して幸せでした」

「よかったです。あの、デザートに甘いものもあるんですけど、お腹に余裕はありますか？」

「甘いものは別腹です！」

元気よく言った若菜に微笑《ほほえ》んで、古橋はカップとソーサーをカウンターに出す。

カップの中身は、とろりとした茶色の液体。バレンタインデーらしい飲み物に、若菜はまたも笑顔になる。

「ホットチョコレートですね。大好きだから、嬉しいです」

「飲みやすく大人っぽい飲み物にしてますので」

「……本当だ。ほのかにオレンジの香りがします」

「はい、オレンジキュラソーを隠し味に入れてあります」

ホットチョコレートを含むと口の中に甘さと、そのあとから柑橘《かんきつ》の爽《さわ》やかな香りが広がる。アルコールは飛ばしてあるから酔いはしないけれど、オレンジの香りとほのかな苦味が、甘いホットチョコレートを大人の飲み物に仕上げている。

その味は砂糖漬けにしたオレンジの皮をチョコレートで包んだ菓子、オランジェットにも似ていた。

「私、オランジェットが大好物なんですよ。だから、このホットチョコレートもすごく気に入りました。今夜はいつも以上においしくて特別なものを食べさせていただいて、大満足です！」

お腹が温かくおいしいもので満たされ、若菜は自然と笑顔になった。それを見て、古橋も満たされたような顔になる。

「よかったわねー、みっちゃん。この子ったら、若菜ちゃんからバレンタインチョコもらえないだろうなんて言うからさ、今の時代、どっちがあげたっていいのよって言ってやったのよ。もともとのバレンタインはそういうもんだし。そしたら張り切ってメニューを考えて、喜んでもらえるようにって試行錯誤《しこうさくご》してたの。それでもし若菜ちゃんが来ないようなら、思いきって連絡しちゃえって言ってたのよ」

「マリアンヌさん、そういうことは言わないでください……！」

「いいじゃなーい。あー、今日はいいもの見せてもらっちゃったわ」

「面白がらないでくださいよ」

ずっとそばで見守っていたマリアンヌが、ふたりを見比べてニヤニヤしている。食べるのに夢中になっていた若菜はその存在をすっかり忘れていたけれど、古橋とのやりとりを全部しっかり見られていたとわかると、途端《とたん》に恥ずかしくなる。

それに、古橋が若菜のために今夜の料理を用意してくれていたのだと思うと、そこにどんな意味があるのか期待してしまいたくなる。

マリアンヌがひと足先に会計を済ませて帰っていく。それに続くように帰り支度を整えてから、若菜はドアのところまで見送りに来てくれた古橋に、カバンに忍ばせていたものを手渡した。

「あの……これ、受け取ってください」

「これって、バレンタインチョコですか？」

「そうです。今夜は食事だけじゃなくて、これを渡すのが目的だったので……」

「え……ありがとうございます」

古橋はチョコの入った箱を受け取ると、まるで賞状でももらったかのように押しいただいた。

「食事に来ていただいて、こうしてチョコまでいただけるなんて……嬉しいです」

古橋はそう言って、本当に嬉しそうに笑った。

もし小林に言われなければ、あれこれ理由をつけて渡さなかったかもしれないのに。

こうして勇気を出して渡してみたら、こんなにも喜んでもらえた。

それだけで、若菜の心も満たされた。

第十話　会えない夜とまかない飯と

転職したときから忙しい職場だと感じていたけれど、ここ最近若菜は未《いま》だかつてないほどの激務に追われていた。

それも致し方ないことだ。会社に辞める旨《むね》を伝え、通常業務に加えて引き継ぎ業務まで発生しているのだから。

若菜の読み通り、誌面の削減《さくげん》問題はビューティー部門とグルメ部門とが合併することで決着した。だからつまり、若菜が業務を引き継ぐのは小林にだ。

要領のいい彼女のことだから引き継ぎ資料を作って口頭で気になることを伝えておけば大丈夫だと思いつつも、一応自分が新人の頃に先輩にしてもらったのと同じことをすることにした。

これまで誌面で取り上げさせてもらった店をリスト化して、そのときにもらった名刺も整理し、何度も取材して馴染《なじ》みになった店には挨拶《あいさつ》も兼ねて一緒に訪問する。

毎度毎度目星《めぼし》をつけた店に取材を申し込んで受けてもらえるわけではない。途中まで順調にいっていたのに突然ＮＧを出されて、取材自体がだめになってしまうこともある。そんなときに馴染《なじ》みの店があると誌面に穴を空けずに済むので、若菜はそのあたりの事情やらコツやらを通常業務の合間に小林に伝授《でんじゅ》していった。

そういうわけで、この頃はいつも以上に小林と共にいることが多い。部署の中で年齢も近く、決して嫌いな相手ではないけれど、若菜は少し彼女との関係に疲れていた。

「ねえ、茂木さん。彼氏さんのお店、紹介してくださいよ」

仕事の合間に慌ただしく昼食をとっていると、小林がご機嫌な様子で言ってきた。時間がなくてデスクで食べることが増えたため、休憩中をこうして狙い撃ちされることが多い。

「……いや、彼氏じゃないですって」

「でも、そのうち彼氏になるんでしょ？　いいじゃないですかー」

「いやいやいや……」

若菜はうんざりしているのを隠していないのだけれど、それが小林に伝わった様子はない。

若菜が困っているのは、小林にまんぷく処へ連れていけと言われていることだ。

前々から若菜と恋仲になりそうな古橋のことには興味があったようだけれど、彼が店をやっていると知ってから俄然《がぜん》食いついてくるようになったのだ。

バレンタインのことについて尋《たず》ねられたとき、嬉しくて話してしまったのがいけなかった。他人の恋路《こいじ》が気になる彼女が、その相手が店をやっていると聞いて興味を持たないわけがなかったのに。嬉しい気持ちは人の口を軽くしてしまうものだと、若菜は現在猛省《もうせい》中だ。

「私、最初に取材するなら茂木さんの彼氏さんのお店がいいです。住宅街にある創作ダイニングなんでしょ？　絶対にウケますよ！　うちの記事を読んでくれてる人たちには、目立つ通りにあってみんなが知ってる店よりも、小洒落《こじゃれ》た隠れ家のほうが需要ありますって」

「それはそうかもしれないけど、取材はお断りって言われてるんです。すごく小さいお店だから、話題になったらお店が回らなくなっちゃって逆に困るって」

小林のあまりのしつこさに、若菜は冷や汗をかきっぱなしだ。

小さな店だから回らなくなるというのは本当だ。予約制にしたところですぐにいっぱいになってしまうだろうし、予約が片付いた頃には客の気持ちが離れているなんてことはザラだ。

離れるのが新規の客だけならまだいい。小さな店の場合、本当に怖いのは常連客が離れることだ。普段使いしている常連客は、新規の客でごった返しているうちに別の店に通うようになってしまう。ブームが去ったあとそういった客を呼び戻すことは、よほど努力しない限り難しいだろう。

というのが建前で、本音としては人間が気軽に立ち寄っていい店ではないと思っている。ましてや、取材なんてもってのほかだ。

あの店は、人間のような食事がしたくても普通の店には行くことができない妖怪たちのための場所だ。そこに若菜はお邪魔させてもらっているわけだから、守るべき節度というものは当然ある。

……などということは言えないから、何とか小林の意識を引き離すよりほかない。

「隠れ家的な店は確かに人気ですけど、隠れ家すぎるのもニーズに合いませんからね。というわけで午後からは、私も何度かお世話になっている立ち飲み形式のフレンチのお店にご挨拶《あいさつ》に行きますよ」

「立ち飲みのフレンチ？　すごい！　それ、デートの序盤に軽く飲む場所として使えそう。個人的に気になります」

「でしょ？　じゃあ、出る支度するから小林さんも」

「はーい」

何とか一時的にでも小林の気をそらすことができて、若菜はほっと胸を撫《な》で下ろす。しかし、油断はできない。

小林がいつまたまんぷく処の話題を持ち出してくるかわからないし、そうでなくても仕事は山積みだ。小林への引き継ぎだけではなく、通常通り店の選出も取材の申込みも記事の執筆もしなければならない。

ただでさえ、年度末にかけて忙しい時期だったのだ。

そんなわけで食べた気にならない食事を終え、若菜は会社を出た。

バタバタと仕事を片付け、ギリギリ夕食をまんぷく処でとれそうかなという時間に帰路《きろ》についた若菜のもとに、古橋からメッセージが届いた。

バレンタインのあとはあまりの忙しさにご無沙汰《ぶさた》しているから、そろそろ行きたいと思っていたところだった。今夜は一体どんな料理のお誘いかとわくわくしてメッセージを開いた若菜は、その内容に愕然とした。

「臨時休業……？」

電車の座席で思わず声に出してしまったせいで、近くで寝ていたサラリーマンが驚いたように薄目を開けた。その人に軽く会釈をして、若菜はまたスマホの画面に視線を戻す。

古橋からのメッセージには、スネコスリと河童の流川が拗ねてストライキを起こしたため、今夜の営業はできないとあった。ストライキの原因は、古橋が試作品を食べさせすぎたことだと書かれていて、それを見て若菜はドキリとする。

（もしかしてそれって、バレンタインのオムライスのせい？）

試作品を食べさせすぎたといえば、思い出すのはバレンタインの日のスネコスリたちと流川の様子だ。お腹がいっぱいで元気がなさそうだった彼らのことを思うと、若菜も罪悪感を覚える。

あの日は、古橋が若菜にきれいなオムライスを食べさせようと思ってかなり練習したと言っていた。その過程でできたオムライスを彼らがすべて処理していたとしたら、確かに嫌気が差すに違いない。

あれから二週間以上経っている。ということは、その間ずっと不満を溜め続け、たまりかねてのストライキということだろう。

そう考えると申し訳なくなって、若菜は『わかりました。何だかすみません。和解交渉《こうしょう》がうまくいくよう願ってます』とメッセージを送っておいた。

自分のせいでまんぷく処の従業員たちが拗《す》ねてしまっているのではと思うと、帰宅してからも若菜の気持ちは晴れなかった。

間接的にとはいえ、オムライスのことには若菜も関わっているのだ。古橋が彼らの機嫌を直さねばならないのなら、若菜も協力すべきだ。

「でも機嫌を直してもらうって、どうやったらいいんだろう……？」

インスタントラーメンに冷凍の肉団子と溶き卵を落としながら、若菜は解決策について考えた。本当はまんぷく処へ行きたかったのだ。他のどこかで外食する気にはなれず、買い置きの即席麺《めん》で済ませることにした。

ひたすらオムライスを食べさせられたことや、そのせいでお腹がいっぱいになったことだけを怒っているわけではないだろう。

もしかしたら、そのような扱いが不当だと感じているのではないだろうか。いくらおいしいオムライスでも、無理やり食べさせられては嫌な気持ちになるに違いない。それに、スネコスリはよくわからないけれど、草食っぽい河童《かっぱ》にオムライスをたくさん食べさせるというのは、何となくひどいことをしているような気がしてしまう。

「どうせお腹いっぱいになるのなら、自分の好物がいいよね……あ！」

ブツブツ呟《つぶや》いて、若菜はふと思いついた。

流川たちに機嫌を直してもらうために、彼らの好物をまかないで出すのはどうだろうかと。

バレンタインの日、古橋が若菜のためにたくさん頑張ってくれたのは嬉しい。でも、いつもすぐ近くにいてくれる従業員たちのことをねぎらわなかったのは、よくなかったと思う。

たぶん、古橋自身が人から何か頼まれたら気安く引き受けるし、きっと大した見返りも求めないのだろう。そういう人は得てして他人もそうだと思いがちで、協力者への見返りを忘れてしまうのだ。

若菜は自分にもそういう傾向があるから、古橋のことも何となく推測できた。ただ、会社という組織の中で生きていくには、他人に何かしてもらったときは大げさなくらいに感謝を示して、見返りもしっかり渡しておくのが大事だ。恩《おん》に報《むく》いられて嫌な気持ちになる人はそういない。

「河童《かっぱ》の好物って、キュウリだよね？　キュウリを使った料理って、どんなのがあるかなあ……」

キュウリといえば、サラダだ。切ってレタスと一緒に盛りつけるスタンダードなサラダもいいし、ツナやマカロニと混ぜてもおいしい。塩昆布と合わせて浅漬けっぽくしてもいいし、叩いて梅と和《あ》えれば副菜にも酒のあてにもなる。

少し変わり種でもいいのなら、タコと一緒にわさび醤油で和《あ》えたものや、豚肉の薄切りで巻いて照り焼き風の味付けをしたものもおいしい。

キュウリは生で食べることを前提に考えられがちだけれど、豆腐の代わりに挽き肉と辛味噌と一緒に炒《いた》めて麻婆《マーボー》キュウリにしたり、ナスと豚肉の味噌炒《いた》めの中に加えたりと、火を通してもおいしく食べられるのだ。

若菜は思いつく限りのキュウリを使ったメニューを、古橋にメッセージで送った。料理のプロである彼にこんなことをするのはおこがましいかもしれないと思いつつも、少しでも力になりたくて。

「妖怪だから関係ないかもしれないけど、スネコスリちゃんたちは一応ペット用のメニューがいいよね」

子猫のような天竺鼠《てんじくねずみ》のようなスネコスリたちのことを思い浮かべて、若菜はどんなものなら食べられるかを考えてみた。

スネコスリたちは喜んで甘酒を飲んでいたから、おそらく甘いものが好きなのだろう。正月に手毬《てまり》寿司やカレーを勧めてみても食いつきがよくなかったことを考えると、甘いもので攻めてみたほうが効果はありそうだ。

「……うわぁ、可愛い……！」

若菜はペットの天竺鼠《てんじくねずみ》のおやつについて調べて、思わず悶絶《もんぜつ》した。天竺鼠《てんじくねずみ》はトウモロコシやカボチャやサツマイモが好きで、それらを飼い主からもらって食べている写真や動画を見つけたのだ。

ぬいぐるみのような姿の天竺鼠《てんじくねずみ》たちが好物にかじりつく姿は、信じられないほど愛らしい。日頃スネコスリと触れ合ってこの手の生き物のふわふわぶりを知っている若菜は、画面越しの可愛い姿にハートを撃ち抜かれる。

「へぇ。ポップコーンを食べる子もいるんだあ。あ、お誕生日ケーキもらってる子がいる」

ペットを飼っている人の中には、その魅力を世界に発信するためにブログをやっている人も多い。そういったブログに行き着いた若菜は、天竺鼠《てんじくねずみ》たちが思いのほか美食を楽しんでいることに驚く。

その誕生日ケーキは飼い主のお手製で、蒸したサツマイモをスポンジケーキの、プレーンヨーグルトを生クリームの代わりにしている。さらにデコレーションはドライフルーツで施《ほどこ》しているから、見た目は普通のケーキのようでも、天竺鼠《てんじくねずみ》が安心して食べられるものになっていた。

「スネコスリちゃんたち、喜んでくれるといいけど……」

古橋にブログのＵＲＬと一緒に天竺鼠《てんじくねずみ》の好物一覧をメッセージで送って、若菜はふっと息をついた。

こんなとき、そばに行って手伝ってあげられたらなあと思ってしまったのだ。

流川やスネコスリに直接おいしいものを食べさせたいという気持ちも当然あるし、何より古橋を手伝ってあげたい。

友好的とはいえ、妖怪たちをひとりで相手にするのは大変だろう。たぶん人間の客はあまり来ていないだろうから、貴重な人間の客のひとりとしても、世話になった者としても、古橋の役に立ちたいと思うのだ。

「……私が行けなくなったら、人間のお客さん、いなくなっちゃうかもしれないし」

呟《つぶや》いてみて、これは違うなと若菜は気がついた。

もうすぐ転職のためにこの土地を離れる。そうすると、まんぷく処には行けなくなる。行こうと思えば行くことはできるけれど、今のように日常的に行くことは叶わなくなるのだ。

そのせいでまんぷく処に人間の客がいなくなると古橋が寂しいだろうと考えたが、本音はそうではない。寂しいのは、若菜自身だ。

これからは今までのようには、古橋と会うことができなくなる。そのことを考えると、胸がちくりと痛くなった。

若菜は、古橋が作るおいしい料理が好きだ。彼の穏やかな雰囲気も、少年のように爽《さわ》やかな笑顔も、楽しそうに料理をする姿も。

もう否定しようがないほど、若菜の中で古橋への気持ちはふくらんでしまっている。

それなのに、もうすぐお別れなのだ。

味気のない夕食のあと風呂に入り、上がってスマホをチェックすると、古橋からメッセージが来ていた。それには、さっそく作ったサツマイモとヨーグルトのケーキをおいしそうに食べるスネコスリたちの写真が添付《てんぷ》されていた。

「……待ち受けにしたい」

チョロチョロ動いて撮りにくかったからだろうか。何枚かの写真は、古橋が手に乗せたスネコスリたちをインカメラで撮っていた。だから、少し見切れるように古橋も写っている。

それを見ただけで、若菜の胸はキュンとなる。でもそのキュンは、ときめきだけのせいではない。

近いうちに、この写真が古橋の姿を見ることができる唯一のものになってしまうのがわかるから、やはり寂しくなったのだ。

それに、こうして写真を見ると直接会いたくなってしまう。いつの間にか古橋の存在は、若菜の中でそれほど大きなものになっていた。

第十一話　ホワイトデーと進まぬ恋路《こいじ》

「そういえば、ここのところ例の彼氏になりそうな人とはどうなんですか?」

「うっ……!」

もうすっかり馴染《なじ》みになったカレー屋でのんきにラッシーを飲んでいた若菜は、小林からの不意打ちにむせそうになった。

三月も半《なか》ば近くなって、いよいよ忙しくなってきた。でも小林への引き継ぎは完了し、今も来月発行される号の誌面をふたりで作っているから、気持ちとしては落ち着いてきた頃だったのだ。

だから油断して、「久しぶりに外でお昼ご一緒しませんか?」などと誘われた若菜はこうしてノコノコやってきてしまっていた。あとひと月ほどでお別れになるから、無下《むげ》にできないという気持ちもあった。

「ど、どうもこうもないですよ。ここ最近忙しくて、お店にも行けてませんし」

「え？　何その言い訳ー？　確かに年度末で忙しいですけど、休みの日にちょっと会うとかはできるじゃないですか」

「それは、そうですけど」

「まさか、もうすぐ転職でこの土地を離れるからって、そのことをなかなか言い出せなくて、会いに行きにくいとかですか？」

「……まあ、そんな感じですかね」

小林の容赦《ようしゃ》ない物言いに、若菜は塩を振られた青菜のようにしおしおにしぼんでしまった。

バレンタインのあとは本気で忙しくてまんぷく処へ行けなかったのだけれど、それ以降は忙しさよりも自分の気持ちと折り合いがつけられなくて行くことができなかったのだ。古橋への想いを、嫌というほど思い知らされてしまったから。

若菜は、古橋が好きだ。

誰かを好きになるのなんて前の彼氏と付き合い始めたとき以来だから、実に三年ぶりだ。そもそも学生時代からそんなに恋愛に慣れていないし、大人になってからの恋愛はもっとわからない。

そのせいで、今どうするべきなのかわからなくて、足踏みしている状態なのだ。

「確認なんですけど、茂木さんはその人のことを好きなんですよね？」

注文していたカレーが運ばれてきて、さっきの話題は流れたかと思っていた。ところが、食べ始めて少しすると小林が再び水を向けてくる。

「……好き、です。いいなって思ってます」

「それで、相手も脈《みゃく》ありっぽいんですよね？」

「そ、そうですね。好かれているとは、感じてます」

「でも、どちらからも告白はまだと。んでもって、転職のことも遠くに行くことも話してないんですよね？」

「……言ってません」

「はあー、ないわー。それはないですってー」

小林に盛大に溜息《ためいき》をつかれ、それが若菜の胸にグサリと刺さった。こうして改めて言語化すると自分でもないなと思うだけに、その呆《あき》れがにじむ溜息《ためいき》は刺さる。

「茂木さんって自分からアプローチするの苦手そうですもんね。でもそれって、相手から来てくれないと交際が始まらないってことですよね？　大人としてどうなんですか？　その待ちの姿勢」
「小林さんのような方から見れば、まったく意味不明なのはわかります。大人として
どうなんだというのも、至極《しごく》当然の意見です。でも、あまりに的《まと》を射《い》すぎていて胸が
痛いので、お手柔らかに……」
あまりにズバズバ指摘されて、若菜は胃がキュウッと絞《しぼ》られるような心地がしてい
た。このままではせっかく食べたカレーをリバースしてしまいそうで、たまらず白旗《しろはた》
を振る。すると小林はハッとして、すまなそうな顔になった。
「チャンスがあるのに何でモノにしに行かないんだろうって思ったら、ついムキに
なってしまって……すみません」
意外なほどに素直だから、今度は若菜が驚く番だ。
「小林さん、何かあった……？」
心配になって、若菜は尋《たず》ねてみた。人の恋路《こいじ》に口を出すタイプではあるけれど、い
つもはここまで苛烈《かれつ》ではなかったから、きっとわけがあるのだろうと。
「何かあったっていうか、全部だめになっちゃったというか」
「候補が五人いて、その人たちと満遍《まんべん》なくお付き合いしてるっていうのが、全部だめ

になってしまったんですか?」

「二兎《にと》を追うものは一兎《いっと》をも得ずの五人バージョンです。五人も候補がいたのにひとりも彼氏ができないなんて、超がつくほどダサいですよね」

「そんなことは、ないと思うけど……。何事も、目論見《もくろみ》通りにはいかないものですから」

若菜は慰《なぐさ》めの言葉を口にしたけれど、小林はさっきまでの若菜以上にしおしおになっている。ビューティー記事担当らしくいつもキラキラの彼女からは、とても考えられない姿だ。

「候補の中のひとりと、いい感じかなって思ったんですよ。私もその人のことが他の人よりずっと好きだったし、その人も私のことを好きなんだろうって感じてて……でも、違ったんです。その人、別の女性と付き合い始めちゃって。脈《みゃく》ありだと思ってたのも浮かれてたのも私だけだったんですよー!」

ここが外でなかったら、小林はきっと「うわーん」と声を上げて泣いていただろう。でもそれを、必死でこらえている。

だから若菜も安易に声をかけず、彼女が落ち着くまで待った。

「恋愛自体がそうなんですけど、大人の恋は特に、タイミングが大事なんだと思います。私はたぶん、それを間違った。だから、うまくいきそうな茂木さんには頑張ってもらいたいなって思って、お節介《せっかい》しちゃいました。……すみません」

信じられないほど殊勝《しゅしょう》に、小林は謝罪した。

若菜もただ胸に突き刺さりすぎただけで、気分を害していたわけではない。だから、すぐ和解できた。

「もうすぐホワイトデーでしょ？　きっと向こうから連絡があるんじゃないですかね。そしたら、迷わず行くんですよ！　そして告白して転職のこともちゃんと話すんですよ！」

気を取り直した小林は、残りのカレーを食べながら息巻く。

ちょうどタイミングよくスマホがメッセージを受信していたため、若菜は曖昧《あいまい》に微笑《ほほえ》むだけに留めておいた。画面に表示された通知をチラ見して、それが古橋からのメッセージであることを確認している。それを悟られるわけにはいかない。

悟られれば、間違いなく店についていくと言われるだろう。そして、さらなるお節介《せっかい》を焼かれるかもしれない。

それだけは嫌だなと思って、若菜は素知《そし》らぬ顔でカレーを食べる事に専念した。

『もうすぐホワイトデーですね。バレンタインにいただいたチョコレートのお礼に何か素敵なメニューをお出ししたいので、ご都合のいいときにいらしてください。待ってます』

古橋からのメッセージはこうだった。エプロンを着たクマのスタンプつき。文末も『お待ちしています』ではなく『待ってます』なあたり、親しみが増しているなと思ってにやけてしまう。

今日行くと返事をして、仕事を終えた若菜は電車に乗っていた。

嬉しくてドキドキする気持ちと緊張で落ち着かない気持ちが一緒になって、いつもより電車が進むのが遅く感じられた。席は空いているけれど座る気にはなれなくて、ドア付近に立っているから、ガラスに映った自分の姿をつい確認してしまう。

特に気合いの入った服装ではないものの、くたびれてボロボロということもない。今から好きな人に会いに行っても見苦しい格好ではないと思えると、少し気持ちが落ち着いた。

（まずは普通に世間話をして、食事をいただいて、帰り際に話を切り出したら不自然じゃないかな……）

転職のことと、遠くへ行くことをどう話せばいいだろうかと若菜はシミュレーションした。どのタイミングでどう打ち明けても、おそらく古橋はショックを受けるだろう――自惚《うぬぼ》れかもしれないけれど、そう思ってしまう。だからどう話せばそのショックを軽くできるだろうかと考えたのだ。

いつもと違って、食事のことよりも何よりも、若菜の頭は古橋のことでいっぱいだった。

そのせいで駅の改札を出るときも上《うわ》の空で、そこからまんぷく処へ向かう道中も、周りのことなど目に入っていない。

だから、飛び石の上を歩き、提灯《ちょうちん》お化けの明野に導かれるままドアを開けるまで、自分が誰かに後をつけられていることにはまったく気づいていなかった。

「いらっしゃいませ」

「へえ。ここが茂木さんの彼氏っぽい人のお店ですか」

古橋がにこやかに声をかけてきたのと、後をつけてきたその人物が声を発したのは、ほぼ同時だった。

「こ、こ、小林さん……⁉」

「えへへ。好奇心とお節介《せっかい》でついてきちゃいました」

振り返れば、そこにいたのは小林だった。どうやら、会社を出たときからずっと若菜を尾行《びこう》していたらしい。

小林の登場に驚いたのだろう。カウンター席にいたマリアンヌの首が若干《じゃっかん》伸びてしまっていた。間の悪いことに、今夜は小豆《あずき》洗いの新井も吸血鬼のルシアンもいる。

「え？　今の何あれ？」

「さ、さあ？　そんなことより、座りましょう！」

マリアンヌもルシアンも普通にしていれば人間に見えるし、新井も隙《すき》を見てそそくさと店の奥へと避難していた。

それでひとまず大丈夫かなと思いつつも、若菜はまるで水でもかぶったかのように冷たい汗をかいていた。

「……あの、茂木さん。あちらの方は？」

怪訝《けげん》そうな顔をした古橋にちょいちょいと手招きされてカウンターへ行くと、そう尋《たず》ねられた。

「会社の後輩です。……すみません。ずっとこのお店に興味があったみたいで、後をつけられてしまいました」

「茂木さんが悪いわけではないですから。そういうふうにこの店に惹《ひ》かれてしまうお客さんもたまにいるんです。あまりいい縁とは言えませんが」

いつも柔和《にゅうわ》な笑みを浮かべている古橋が、珍しく緊張した顔になっている。そのピリッとした表情を見れば、これが由々《ゆゆ》しき事態なのだということがわかる。

「ワタシの能力であのお嬢さんの記憶を消しマスか？　ワタシにかかれば、そんなのブレックファスト前ですが」

ルシアンもそっと顔を寄せてきて、そんな物騒なことを耳打ちしてくる。赤い目が妖《あや》しく光っているのを見る限り、どうやら冗談ではないようだ。

「え……記憶をですか？」

「すみませーん。何かおいしいお酒と、それに合うおつまみをお願いしまーす」

ルシアンの恐ろしげな発言に若菜が戸惑っているうちに、小林は勝手に席について古橋に向かって注文した。物怖《ものお》じしない子だとは常々思っていたけれど、この状況でも平然としているのは驚きだ。

古橋は一切顔に出していないし、マリアンヌもルシアンも素知《そし》らぬ顔をしてくれているものの、姿を隠したものたちが歓迎していない空気を漂《ただよ》わせているのは感じ取りそうなものなのに。

「では、ひとまずこれを。カプレーゼ風冷奴《ひややっこ》とおすすめのお酒です」

気を利《き》かせた古橋がすぐに持ってきてくれたのは、山口県の有名な日本酒だ。

「やったー！　おいしそう」

感激した様子の小林は、青色が美しい琉球《りゅうきゅう》ガラスのお猪口《ちょこ》にお酒を注《つ》ぎ始めた。

この日本酒は飲み口がスッキリとしているものの、後味は甘く、何より米の香りを強く感じることができる。お酒の苦手な人の多くが日本酒を飲んだときにまずその酒特有の匂いが鼻につくと言うけれど、このお酒の場合はそれよりも先にふくよかな米の香りを感じることができるから、飲みやすいと言われている。

そういうわけでお酒初心者にもよく勧められるし、女性にも人気だ。とはいえ、どれだけ飲みやすくてもアルコール度数は高いから、水か何かのようにくぴくぴ飲む小林を見て若菜は不安になった。

「小林さん、そんなペースで飲んだらだめですって」

「でもこれ、すごく飲みやすいですよ?」

「そんなこと言っても、小林さんはお酒に強くないでしょう?」

会社の飲み会で彼女が簡単に酔い潰《つぶ》れたのを思い出すと、このペースで飲むのは放っておけなかった。しかも、記憶違いでなければ、決して自分からぐいぐい飲む子ではない。

「……小林さん、どうしました? こんなふうな飲み方するなんて、らしくないですよ」

思えば、ここへこっそりついてくるということ自体らしくないではないか。そのことに気づいて、若菜は心配になった。

ところがその心配をはねのけるように、小林は若菜を睨《にら》む。

「茂木さんのせいです!」

きれいにカールした睫毛《まつげ》に縁取《ふちど》られた目を吊り上げて彼女は言った。明らかに怒っているのはわかるのだけれど、その理由はわからない。

「あの、どういうことですか……?」

若菜が尋《たず》ねるも、小林は黙々《もくもく》とお通しの冷奴《ひややっこ》を食べ、おかしなペースでお酒を飲んでいった。

「お待たせしました。まずはマグロとアボカドのわさびマヨカルパッチョです」

「わあー、おいしそー」

古橋が運んできた皿を見た小林は、ふわふわとした様子で言った。これは確実に酔っている。

会社の飲み会で見た限り、小林はものすごく酒に弱い。アルコール度数が五パーセントくらいのカシスオレンジを一杯飲んだだけで、へべれけになっていたくらいだ。アルコール度数十六パーセントの日本酒を飲めば、あっという間に酔っ払ってしまうだろう。

「これ、すごくおいしーですね。わあ、また別のが来た」

「ホタテの貝柱のバター焼き、明太ソース乗せです」

「やったー。ホタテだいすきー」

古橋が次のおつまみを持ってくると、小林は大喜びでまたお猪口《ちょこ》をあおった。おつまみは味を濃いめに作ってくれているし、何よりお酒がサラッとして飲みやすいため、小林はわけもわからず飲み進めているようだ。

それからもちょうどいいタイミングで古橋が次々におつまみを持ってきてくれて、小林は機嫌よくそれを肴《さかな》に飲んでいった。

いつも通り古橋の作る料理はおいしい。でも若菜はそれを楽しむどころではなく、酔った小林をじっと観察しながら、何が彼女をこんなふうにしてしまったのかと考えていた。

「茂木さんってば、ひどいれす。こんらハクジョーモノだとは、思いませんれしたよ」

ますます酔いが回ってきた小林は、目がジトッと据《す》わっていた。呂律《ろれつ》も少し怪しくなっている。

でもそのぶん、口からこぼれ落ちた言葉は本音なのだろう。「薄情者」と言われてドキリとしつつも、若菜はまだその理由がわからずにいた。

「……わかんないみたいれすから言いますけど、転職のことれすぅ。うぅ……わらし、何も知らなかった……」

いつまでもわからずにいる若菜に痺《しび》れを切らしたらしく、小林は言った。言われてやっと、若菜はハッとする。

「相談してくれとは言いません。茂木さんの人生なので。でも、報告が他の人たちと一緒のタイミングって、おかしくないれすか？　……仲よくなれたって思ってたのは、私だけだったんれすか？」

そこまで言ってから、小林はしくしく泣き始めた。お酒のせいもあるとはいえ、やはり泣くほど彼女を傷つけてしまったのは確かだ。

「そうですよね。怒って当然です。でも、決して小林さんをないがしろにしたかったわけじゃないんです。私事《わたくしごと》に巻き込みたくなかったというか、わずらわせたくなかったというか……結果的に嫌な思いをさせてしまったので、本末転倒だったんですけど。すみませんでした」

申し訳なくなって、若菜は素直に謝った。自分が逆の立場なら同じように感じたのではないかと考えると、悪いことをしてしまったとわかる。

「……どうして辞めちゃうんれすか？　今の仕事、嫌いらったんですか？」

鼻をぐすぐすいわせながら、駄々をこねるみたいに小林は言う。酔ったせいで子供っぽくなっているようだ。

「嫌いではなかったですよ。それなりにやりがいもありましたし。でも、もっとやりたい仕事があったんです」

「料理教室れすか？」

「というより、料理を作ることですね。本当なら今の会社にも、レシピを考えたくて入ったんですから。私、食べることも作ることも好きで、いつか料理で人を幸せにできたらいいなって考えてたんです。——このお店に出会って、そのことをさらに強く感じるようになったというか」

　若菜はいかに自分が料理好きかを話して聞かせた。そして、古橋に出会って彼の料理を食べて、幸せな気持ちになったことを語った。恋人と別れてつらかった日々を終わりにできたのは、古橋の優しさと彼の作るおいしい料理があったからだと。

「締めにどうかなと思いまして、煮麺《にゅうめん》をお持ちしました」

　タイミングよく、古橋が大きめの汁椀《しるわん》を手にやってきた。おつまみばかりでなくちゃんとしたものを食べたいと思っていたから、若菜は嬉しかった。

「飲みの締めに煮麺《にゅうめん》なんて食べるの、初めてです」

「間違いなくおいしいですよ。いただきましょう」

　若菜が促《うなが》すと、小林もお椀を手に食べ始めた。麺《めん》をすすり、汁をひと口飲んだところで、彼女の表情が変わる。

「あったかくて、じんわりお腹に沁《し》みます。それに、いい香りがしますね。お出汁《だし》と……何だろう？」

「生姜《しょうが》とミョウガ、それから長ネギの香りですかね。ふわふわの卵もおいしい」

具材はシンプルに卵しか入っておらず、あとは柔らかく煮られた素麺《そうめん》と香りのいい汁を楽しむものになっている。

生姜《しょうが》や長ネギの効果なのか、食べているうちにお腹を中心に身体が温まってくる。酔いが冷めるときには身体が冷えるから、こうして温まっているとそれが楽になる気がした。

「すごく優しい味でしたね。……そっか。こんなふうに食べたもので誰かを元気にしたり、幸せにしたり、そういうことを茂木さんもしたいんですね」

煮麺《にゅうめん》を食べて少し落ち着いたのか、小林がポツリと言った。その様子に、もう拗《す》ねた感じはない。

「そうです。料理を通して人を幸せにするのが私の夢なんです」

ようやく伝わったのだとわかって、若菜もほっとした。

たぶん、最初からきちんと話していればわかってくれたのだろう。それなのに若菜は、忙しさにかまけて小林の気持ちをないがしろにしてしまっていたのだ。彼女が後輩として自分を慕《した》ってくれていたことに、もう少し早く気づくべきだった。

「ルシアンさん、お願いしてもいいですか……？」

小林がうつらうつらし始めたのを見て、若菜はカウンターで静かに飲んでいたルシアンに声をかけた。彼は背中で話を聞いていたのか、すぐに来てくれる。

「オッケー。このお嬢サンの記憶をナイナイしちゃうのね？」

「そうです。彼女はあまりお酒に強くないので、何もしなくても明日になれば記憶をなくしてるとは思うんですけど……」

「そうだね。ワタシが何もしなくても覚えてナイかもしれないネー。手間が省《はぶ》けたというヤツだけど、念のためネ」

若菜たちがいるテーブルまでやってきたルシアンは、ふわふわと酔っ払っている小林の顔を両手で優しく包み、その目をじっと覗《のぞ》き込んだ。ルシアンの目は、まるでルビーのように光っている。

「お嬢さんは今夜は、駅前の居酒屋で楽しーくお酒を飲んだのデス。たくさんたくさん飲んで楽しくなったので、なぁ〜んにも覚えてマセーン。オーケー？　おいしいもの、おいしい酒、たくさんたくさーん。それだけダヨー」

「おいしぃものとおいしぃおしゃけ、それだけー？」

「そうそうそう」

ルシアンの光る目を見つめているうちに、小林は焦点《しょうてん》の合っていない目をさらにトロンとさせた。これは寝る寸前だ。倒れてしまわないよう、若菜はその身体をサッと支える。

「……これで、大丈夫なんですよね？」

「たぶんねー。というより、これだけ飲んでたら、もし覚えてても言い逃れできるでしょ。酔っ払いの言うことなんて、ダレも信じなーい。それと、この店に対する興味もそらしておいたヨー」

「ありがとうございます。……すみません」

「ドウイタシマシテー」

ほっとしたのと恐縮《きょうしゅく》したのとで若菜がペコペコすると、紳士的な笑みを浮かべてルシアンはひらひら手を振った。

カウンターのほうに視線をやると、古橋もマリアンヌも、奥からひょっこり顔を覗《のぞ》かせた新井も流川も、安堵《あんど》の表情を浮かべている。

ハラハラさせてしまったことが申し訳なくて、若菜は深々と頭を下げた。

「今日は、本当にすみませんでした。ここは、せっかく妖怪のみなさんが安心して食事できる場所なのに、こんなふうに不用意に人間を立ち入らせることになってしまって……」

口止めされていたわけではないけれど、何となくこの店を安易に人に知らせてはならないことはわかっていた。自分は古橋に導かれてこの店を知っただけで、その縁がなければ来ることができなかっただろうということも、薄々《うすうす》気がついていた。

それなのに、注意を怠《おこた》ったばかりに小林にここを知られてしまったことが、すごく申し訳ない。うまいことごまかされてくれたからよかったものの、彼女が妖怪を見てすぐに騒ぎ立てるような人物だったら、大変なことになっていただろう。

そう考えると、頭を下げるだけでは足りないと感じていた。

でも、誰も若菜を責めようとはしない。

「そんな、茂木さん……！　頭を上げてください」

「そうよー。気にしなさんな。たまに酔っ払いが迷い込んでくることもあるのよ。結界張ってるわけじゃないし、こういうことはね、起きても仕方ないことなのよ」

「ダイジョブダイジョブ。タヌキに化かされたとかキツネにつままれたなんて言葉があるように、化かしてつまんでやればオーケー！」

古橋もマリアンヌもルシアンも、口々に若菜を慰《なぐさ》めてくれる。流川と並んでスネコスリを抱えている新井も、気にするなというようにニコニコしていた。

「本当は、ホワイトデーのとっておきのメニューを食べてもらいたかったんですけどね。今夜は仕方がなかったということで……また来てください」

目を覚ましてもまだぼーっとしている小林を連れ、もう一度頭を下げて店を出ようとする若菜に、カウンターから出てきた古橋がそう声をかけてくれた。さりげなく扉を開け、小林に肩を貸した若菜が出やすいようにしてくれる。

その優しさと心遣いに、若菜はじんと感じ入った。

「ありがとうございます！　また来ます。明日、絶対に仕事を早く終わらせて来ます！」

「わかりました。おいしいもの作って待ってます」

「……じゃあ、失礼します」

ほっとしたようで、すごく嬉しそうな古橋に見つめられて、若菜も嬉しくなった。名残惜《なごりお》しい、もっと一緒にいたい――そう思うけれど、今夜はひとまず小林を無事に家に送り届けなければならない。

だから強い意思で店の外へと一歩踏み出し、若菜は歩き出した。

(明日、ちゃんと話そう。古橋さんに伝えたいこと、言わなきゃいけないこと、全部)

そう心に誓って。

翌日、二日酔いにもならず元気に出社してきた小林は、見事に前日の夜の記憶を失くしていた。

そんな彼女は今、「男に飢《う》えすぎて金髪のイケメンの幻を見たんですぅ」と嘆《なげ》いて悶絶《もんぜつ》している。そして「どうやら日本の男に飽《あ》きたみたいです。これからは恋もグローバルにってことですね」という結論にたどり着いたのを、若菜はほっとしていいのか心配すべきなのかわからない心境で聞いていた。

お酒の席で話したことをすべて忘れてしまっているかもしれないと思い、若菜は念のため転職のことを黙っていたことについて詫《わ》びた。けれど、小林の関心はもうすでに若菜にはなく、「それより私、英会話教室に通おうかと思うんですよね」と言っていたから、どうやらもう大丈夫なようだ。

第十二話　言えない言葉は甘くて苦い

仕事を終え、会社を出る前に、若菜はお手洗いの鏡の前で入念に身だしなみをチェックしていた。

今日は髪を緩《ゆる》く巻いてみた。それを後ろで一本に結って、華美すぎず上品なシュシュでまとめている。

メイクは疲れを隠せるようにオレンジ系のアイシャドウやチークで仕上げた。服もピンクや白だと気合いが入りすぎかなと思い、落ち着いたオレンジ色のブラウスに紺《こん》のカーディガンとミモレ丈のスカートを合わせ、明るい印象を作りつつ大人な雰囲気を出している。

香水は、少し悩んでやめておいた。自分でつけるのも男性がつけているのも好きだけれど、それがおいしいものを食べに行くときなら話は別だ。飲食店に入って香水のきつい香りをさせている人がいたら外れだなと感じるから、食事に行くときは自分もなるべくつけないでいることが多い。

それに、若菜が好きになったのは香水よりも出汁《だし》の匂いが似合う人だ。鰹節《かつおぶし》や昆布、干しシイタケなんかから取れるおいしい出汁《だし》の匂いが似合う、料理人を好きになったのだ。

そんな彼に会いに行くときに人工の香りをつけていくなんて無粋《ぶすい》なことはしたくない。だから、そのあたりは髪型や服装でカバーして、鏡の前で納得した。

こんなに気合いを入れて身だしなみを整えるのは、いつぶりだろうか。恋人がいたときはいつも気合いを入れていたけれど、それはデートに行くときの話だ。

ただ会いに行くだけ。もっといえば、ただ食事に行くだけだ。それなのにこんなに長いこと鏡の前にいるなんて、よく考えたら変だと思う。

でも、今夜は若菜にとって大事な日だから、少しでもおしゃれに見えるようにと、ある意味デートに行くとき以上に張り切ってしまっていた。

駅に着いていつもの道のりを歩く間も、若菜はずっとそわそわしていた。姿が映るものがあればつい確認してしまうし、頭の中は古橋に何を話そうかということでいっぱいだ。

だから、愛想のいい提灯《ちょうちん》お化けの明野に出迎えられる頃には何だかちょっぴり疲れていたし、必要以上にお腹が空いてしまっていた。

「いらっしゃいませ。お待ちしてました」

「昨夜は、すみませんでした」

オーク材の重厚な扉を開けると、古橋が爽《さわ》やかな笑顔と挨拶《あいさつ》で迎えてくれる。そのことにほっとして胸をときめかせつつも、若菜はまず前夜の非礼を詫《わ》びた。

「いえいえ。あれから、あの方は大丈夫でしたか？」

「はい。家まで送り届けて、お水を飲ませて休ませたので、二日酔いもなかったみたいで。それに、無事に記憶もなくなってるようで、昨夜ここに来たこともきれいさっぱり忘れてました。お騒がせしてすみませんでした」

「それなら、よかったです。茂木さんも、お疲れ様でした」

古橋にねぎらわれ、若菜はカウンター席についた。今日はまだ誰も来ていない。店内を見回すとスネコスリたちと目が合って、トコトコと寄ってこられた。足元でじっと見上げてくるのが可愛くて、若菜は膝《ひざ》を叩いて呼んでやる。

「今日のメニューはチーズづくしなんですけど、よかったですか？」

「チーズ大好きです！　嬉しい」

若菜の返事を聞いて、古橋はさっそく準備に取りかかる。

チーズと聞いて出てくるのはてっきり洋風のメニューだと思っていただけに、まずビビンバに使うような石焼きの器《うつわ》を温め始めたのには驚いた。でも、古橋がいつでもおいしいものを提供してくれるのはわかっているから、楽しみに待つことにした。

古橋はフライパンで米を炒《いた》め、そこに出汁《だし》を注いでいた。どうやら、リゾットを作っているらしい。

少し煮立たせたところにまた出汁《だし》を加え、さらに煮立たせ……という工程を繰り返して、最後はバターとパルミジャーノチーズを加えてできあがる。それを石焼きの器《うつわ》に入れて木皿に乗せ、若菜の目の前に置いた。

「どうぞ。石焼きチーズリゾットです。火が通りきらないうちに、卵を混ぜて召し上がってください」

「わあ、おいしそう！　いただきます」

「熱いので、気をつけてくださいね」

「はい！」

石焼きの器《うつわ》からはジュウジュウとまだ音がしている。出汁《だし》とチーズの匂いも、湯気に乗って届く。

若菜は早く食べたいと急《せ》く気持ちを抑《おさ》え、添えられたスプーンで卵を潰《つぶ》し、リゾットとよく混ぜ合わせていく。

「んん……！　おいしいです。パラッとしたお米にチーズがよく絡《から》んで、バターとコショウの香りも効いてて。卵もいいアクセントになってますね。イタリアンレストランで食べたリゾットよりも、優しいお味な気がします。……何だろう？　お出汁《だし》が違うんですかね？」

ひと口ふた口とよく冷ましながら食べて、若菜はうっとり目を細めた。グルテンが出ないよう慎重に炊かれているため、米の舌触りはもったりしすぎず軽やかだ。そこは本格イタリアンという感じなのだけれど、鼻に抜ける香りは懐かしいような、不思議な感じがする。

「実はベースが、ブイヨンじゃないんですよ。和風の出汁《だし》を使ってます。昆布とか鰹《かつお》節《ぶし》とか、あとアゴ出汁《だし》も少し。あまりお腹にズンと来ないものを、と思った結果、和風の出汁《だし》でリゾットを作ることにしたんです」

「そうだったんですね。どうりでよく知ってる、落ち着く味がすると思いました」

水炊きのあとの締めの雑炊《ぞうすい》に通じるおいしさだと感じていたから、古橋の説明を聞いて納得する。ただ、やはり米を柔らかく炊くか芯《しん》を残すかで食感が違うものだなと思いながら、出汁《だし》とチーズが染みたリゾットを若菜は噛みしめた。

若菜がリゾットを楽しんでいる間に、古橋は次の料理に取りかかる。

ジュワーッという音と香ばしい匂いがしてきて、次はグリル料理なのかと予想できた。焼いているのはベビーコーン、ブロッコリー、アスパラ、ジャガイモ、それからソーセージと鶏肉のようだ。カウンターの向こうをそっと覗《のぞ》き込むと、古橋がそれぞれの食材を火の入り具合や焼き色を見ながら丁寧に焼いているのがわかる。

グリル料理をただ焼くだけだと思っている人もいるけれど、こういったシンプルな料理ほど難しいものだ。少し焼き加減を間違うだけでも素材の味を損《そこ》なってしまう。だが古橋なら絶妙な焼き加減で仕上げてくれるだろうと、若菜は信じていた。

「今日はただの焼き料理ではなくて、ここにチーズをかけるんですよ」

「まさか、ラクレットですか？」

「そうです」

興味津々《しんしん》で見つめる若菜に笑いかけてから、古橋は別の鉄板で温めていたチーズを焼いた食材の上にとろりとかけていった。

ラクレットとはスイス原産のハードタイプのチーズで、そのまま食べてもおいしいけれど、熱を通すとおいしさが増すとされている。数年前からブームとなって国内でも気軽に食べられるようになったが、若菜にとってはそれまでアニメに出てくる外国の少女が食べているというイメージで憧《あこが》れの食べ物だった。

「それでは、焼いた食材とラクレットをお楽しみください」

「はい！　いただきます」

若菜はまず、ジャガイモをフォークで刺して思いきりラクレットにディップした。大きな口を開けてそれを頬張《ほおば》ると、ホクホクしたジャガイモとふわふわとろとろしたチーズが混ざり合い、幸せな食感になる。

次に選んだのは、ソーセージだ。いきなりチーズにディップするのではなく、まずはナイフで切り分ける。そうすると中からジュワッと肉汁が染み出して、それをチーズに絡《から》めるとさらにおいしいのだ。

「茂木さん、ラクレットはお好きですか？　少し匂いが強いチーズですから、実は好き嫌いが分かれるんですよね」

「私は好きですよ。確かに、そのままスライスしたものをかじると独特の臭《くさ》みがありますけど、温めるとそれが和《やわ》らぎますね」

「それに、スパイスとか香草をうまく使えば、むしろその匂いも魅力になるんですよ」

「あ、本当だ。これ、ただ鶏肉を焼いただけじゃなくて、香草焼きになってたんですね。香ばしくてジューシーで、チーズともよく合う」

古橋の説明を聞きながら、若菜は鶏肉をひと口サイズに切って口に運んだ。皮目をパリッと焼いた鶏肉は噛むと肉汁が広がり、噛みしめるごとにチーズと混じり合って旨味《うまみ》が増していく。

同じチーズのはずなのに一緒に食べる食材や使う調味料によって味が微妙に変化し、何を食べても新鮮な喜びがあった。

「よし。これだけ茂木さんが喜んでくれたのなら、ラクレットを丸々購入することを考えてもいいな。よかったね、流川さん」

若菜が食べるのをにこやかに見守っていた古橋が、カウンター奥で皿を磨《みが》いていた流川に声をかけた。声をかけられた流川は、嬉しそうに頷《うなず》く。

「もしかして、流川さんもラクレットが好きなんですか？」

「そうなんです。チーズにキュウリをディップするのが気に入ってるんですけど、あの大きいラクレットを買ってほしいって言うので悩んでたんですよ」

「あの半カットのを熱して、とろけたチーズの滝みたいにするやつですよね？　確かに、あれは憧《あこが》れますよね。あれを売りにしてる店には、まだ行ったことがないんですけど」

「やっぱり憧《あこが》れですか。それなら、購入しましょう」

古橋の決断に、若菜も流川もガッツポーズした。河童《かっぱ》がチーズを食べるというと何だか不思議な感じがするけれど、きっとキュウリにつけたらおいしいのだろう。バーニャカウダのように野菜スティックにつけるものとして考えると、確かに魅力的だ。

「そういえば、あなたたちによく似た天竺鼠《てんじくねずみ》って生き物はチーズも食べるみたいよ。無塩のものだけど。食べてみる？」

今日は珍しく膝《ひざ》に乗ったままおとなしくしているスネコスリたちが可愛くて、若菜はそう声をかけた。ところがチーズのことを話題にした途端《とたん》、膝《ひざ》の上から逃げ出し、チーチーと声を上げて怒り出してしまった。

「すみません。そいつら、チーズが苦手みたいで。特にこのラクレットは火を通す前のを嗅《か》いで逃げ出したくらいなんで」

「そうだったんですね。……ごめんね。食べさせたりしないから、戻っておいで」

若菜が呼ぶも、スネコスリたちはカウンターの上でチーチー鳴くばかりで戻ってこない。けれど遠くへ逃げていかないあたり、本気で怒っているわけではないようだ。

「ほらほら。フルーツをあげるからいつまでもそんな声を出さない。茂木さんも、デザートをお出ししますね」

古橋はクスクス笑ってスネコスリたちの前にドライフルーツの盛り合わせを出してから、空になった若菜の皿を片付けた。それから手早く小鍋《こなべ》を準備して、何かを温め始める。

チーズづくしだと聞いていたから、てっきりデザートはチーズケーキかスフレが出てくるものだと思っていた。けれど、出てきたのは予想とはまったく異なるものだった。

「どうぞ。お好きなものをつけて食べてみてください」

「チーズフォンデュ、ですか？」

目の前に置かれた小さな鍋《なべ》は、キャンドルヒーターによって温められクツクツと泡を立てている。その中はとろりとしたクリーム色で、甘い香りがしていた。

「クリームチーズとマスカルポーネチーズを合わせて、ラム酒で伸ばしたものです。フルーツとも合いますし、ビスケットやマシュマロとも合いますよ」

「わあ……チーズフォンデュのデザートなんて、斬新《ざんしん》ですね」

若菜は少し悩んでから、まずはマシュマロをピックに刺してみた。鍋《なべ》の中のチーズはほどよい粘度《ねんど》で、くるりと回すとマシュマロを包み込むようにチーズが絡《から》んだ。

「うん……すっごくおいしいです。ほどよい酸味と甘みが一体となって、マシュマロに合います。それにいい香り……上質なチーズケーキを飲んでる気分です」

「チョコフォンデュも残ったものをホットチョコにして飲めますから、このチーズも飲めるかもしれないですね。気に入ってもらえてよかった」

（……飲むこと前提で話が進んでる。でも、本当に飲みたいくらいおいしい）

古橋が自分の発言を真剣に考えてくれているのが嬉しいようなくすぐったいような気分になって、若菜は照れ隠しに黙々《もくもく》とチーズフォンデュを食べ続けた。

フルーツにつけると甘みをより強く感じ、ビスケットにつけると爽《さわ》やかな酸味を感じるチーズの味に、食べる手が止まらない。

　でも、食べ続ければいずれなくなってしまう。最後のマシュマロをピックに刺して頬張《ほおば》ったとき、古橋がふっと笑った。

「茂木さんは何でもおいしそうに食べてくれるので、作りがいがあります。料理人冥利《みょうり》に尽きるというか、作ってよかったなと毎回思わせてもらえる食べっぷりで。いつも、ありがとうございます」

「え……そんな、私のほうこそいつもおいしいものを作っていただいて、ありがとうございます」

　古橋があまりにも優しい顔で微笑《ほほえ》むから、若菜はどうしたらいいかわからなくなった。ふたりの間に流れるのは甘い空気だ。いくらあまり恋愛経験がないといっても、これが特別な雰囲気であるのはわかる。

「あの……こうして店に来ていただけるのも嬉しいんですけど、たまには店の外でもお会いしたいなと思いまして。よければなんですけど、今度どこかへ出かけませんか?」

　古橋は笑顔で、でもどこか緊張した様子で言った。

はにかむその笑顔に、若菜の胸はときめく。本音を言えば嬉しくてたまらなくて、一も二もなく頷《うなず》いてしまいたい。

でも、それよりも先に若菜には言わなければならないことがあった。

「お誘い、嬉しいです。私も、古橋さんとお出かけしたいなって思ってました。おいしいものを食べに行ったりとか、どこか素敵なところに行ったりとか、できたらすごく楽しいと思うので」

若菜がそう言うと、古橋は露骨《ろこつ》に嬉しそうな顔をした。きっと、さっきの言葉を口にするのはとても勇気が必要だったのだろう。それがわかるだけに、まだ言わなければいけないことがあるのが苦しかった。

「だったら、都合のいい日にちを相談して、近いうちに」

「いえ、あの……実は、もうすぐ転職するんです」

「そうだったんですか！　おめでとうございます……でいいのかな？」

「そうですね。ずっとやりたかった仕事なので」

「それは喜ばしいことです。あ、じゃあ……今は忙しい感じですか？　落ち着くまで待ちますけど」

「えっと……」

転職のことを話しただけで、古橋のテンションが少し下がるのがわかった。さっきまでがお出かけを前にして尻尾《しっぽ》をブンブン振っていた状態だとすると、今は耳が垂れ下がり、尻尾《しっぽ》の振りも弱くなっているような状態だ。

若菜は古橋をしょんぼりさせたいわけでも、がっかりさせたいわけでもない。でも、好意を持っているからこそ言わなければならないことがあった。

「転職に伴《ともな》って、引っ越しもするんです。……遠くに行くんです」

ショックを受けるだろうなと思うと、若菜は古橋の目を見ることができなかった。悲しませたくなくて、自然と目を伏せてしまう。

できることなら、いつ出かけようか、どこへ行こうか、そんな話をしたかった。そうすれば、ずっと古橋は笑顔でいてくれただろう。

でも、若菜は話してしまった。転職することを。それに伴《ともな》って遠くへ引っ越すことを。それはつまり、もう今のようにこの店に通えなくなることを意味している。

「そう、ですか」

その一言で沈黙が生まれ、目を伏せたまま若菜は言葉を探していた。でも、その沈黙を破ったのは古橋だった。

「おめでたいことじゃないですか！　祝わせてください、ぜひ！　たぶん、マリアンヌさんもルシアンさんも喜ぶと思います」

古橋の言葉に驚いて顔を上げると、意外なことに笑みを浮かべていた。引きつっていたり、無理やり笑っていたりという感じはない。心から転職を喜んでくれているのがわかって、若菜は拍子抜けした。

絶対に悲しませてしまうだろうと、せっかくふたりの間にできた温かで柔らかな空気がなくなってしまうだろうと、そう思っていたのに。

ふたりで出かける話は、今のできっとうやむやになってしまっただろうけれど。

「こちらを発《た》つ日取りがわかったら、ぜひ教えてください。その前に盛大にお祝いしたいので」

「……はい、ありがとうございます」

微塵《みじん》も悲しげな様子はなく古橋が爽《さわ》やかな笑顔で言うから、若菜も笑顔でお礼を言うしかなかった。

（せっかくデザートに甘いものをいただいたのに、何だか苦くてたまらないよ……）

ひとりで浮かれたり心配したりしていたのが馬鹿らしくなって、若菜の胸には苦い気持ちが広がっていた。

第十三話　夜桜弁当と門出《かどで》の祝い

三月半《なか》ばにホワイトデーの食事をいただいてから、あっという間に時間が過ぎて、ついに四月になった。

年度末で業務を終え退職した若菜だったけれど、四月に入ってからも会社には顔を出している。小林と一緒に作った誌面を見届けたかったのもあるし、何だかんだと手を貸してほしいと乞《こ》われたのもある。

引っ越しの支度もあったため、この半月ほどは怒涛《どとう》のような日々だった。

でも、忙しくてよかったなと思う。もし時間を有り余らせていたら、余計なことを考えてしまっただろう。

古橋といい感じになれたと思っていたけれど、もうなくなってしまった。

せっかく出かけようと誘ってもらったのに、それもなくなってしまった。

中高生の恋愛ではないのだから、いちいち始まりや終わりに線引きができるとは思っていなかった。大人の恋愛とはタイミングや縁がものすごく大きく関わるもので、好意の有無だけで関係が進むわけではないことも、わかっていたつもりだ。

言ってみれば若菜と古橋は、縁がなかったのだろう。若菜は古橋が好きだったし、彼もきっと好意を寄せていてくれたと思う。でも、それだけではどうにもならないことがあるのだ。

好きだからといって、若菜は古橋のそばにいるために新しい仕事をあきらめることはできないし、まだ交際が始まってもいないのに遠距離恋愛の可能性を示唆《しさ》することなんてできなかった。

恋愛はたぶん、手の届く範囲にある選択肢の中からするものだ。もっと若い頃ならいざ知らず、もういい大人なのだから、恋愛を中心にして自分の行動を変えることなどできない。

うまいことといって付き合えたとしても、これから先のことを考えるのは無理だ。古橋には店があるし、若菜だって新しい仕事をすぐに辞める気はない。そんな状況で、恋愛の先にある結婚のことなんて考えられるはずもなかった。

だから、もういいのだ。

始まりもしなければ終わりもせず、ちょっといいなと思い合う仲のままでいればいい——忙しい日々の中で、若菜は古橋のことをあきらめようと努めた。

幸いなことに、大人にはしなくてはいけないことがたくさんある。それらにかまけていれば、いつの間にかいろんなことを忘れられているはずだ。

そうやって必死に割り切ろうとしていたからか、さすがの小林ももう何も聞いてこなくなった。

もしホワイトデーのことを聞かれれば、だめになったと正直に話そうと思っていた。でも、あれだけズケズケとものを言う彼女にも思いやりやデリカシーというものはあるらしく、一切触れてはこなかった。

だから恋の終わりは、若菜の胸の中だけにある。

誰にも知られずに、まんぷく処での思い出ごと、この町に置いていくつもりだ。

いつかうんと時間が経てば、きっと古橋のこともまんぷく処で過ごした日々と一緒に、楽しくて素敵な思い出として振り返ることができるようになるだろう。

むしろ、付き合って嫌なところを見つけて嫌いになって別れたわけではないから、悪い思い出などひとつもない。

それはそれで、きっと幸せなことなのだと若菜は思うことにした。

「よし。これで大丈夫」

家を出る前に姿見の前でもう一度確認して、若菜は頷《うなず》いた。

時刻は夜の七時前。

今夜は、若菜の壮行会と称して夜桜を見に行こうと古橋から誘われている。ふたりきりのお出かけではなくて、まんぷく処の常連であるマリアンヌもルシアンも新井もいるという。もちろん、スネコスリたちも流川も、どうにかして明野も来ると言っていた。

デートではないし、外で座って食事をするから、今日は細めのロールアップジーンズとボーダーのカットソーを合わせて動きやすいコーディネートにした。夜だからその上にトレンチコートを羽織《はお》ってしまえば、きれいめカジュアルの完成だ。これなら気合いが入りすぎてもいないし、ラフすぎてもいない。

交際に至らなくても、結局こうして会いに行くときの服装を気にしてしまう自分に若菜は苦笑した。

でも、もしかしたら会うのは最後かもしれないのだ。だから、彼の記憶に残る自分が少しでもおしゃれできれいでいられたらいいなと、そんなことを思ってしまう。

待ち合わせ場所は、まんぷく処の前庭部分と言われていた。細い路地を抜け、いつもの石畳が見えたら、そこにはもうすでにいつものメンバーが揃《そろ》っていた。

「お待たせしました」

「全然待ってませんよ。ちょうどいいタイミングです」

そう言って柔らかく微笑《ほほえ》む古橋も、今日はカフェエプロンをつけた料理人スタイルではなく、白シャツの上にライトグレーのゆったりとしたカーディガンを羽織《はお》り、足元は黒のスキニーパンツという私服だった。

爽《さわ》やかで整った容姿の古橋にそのコーディネートは似合っていて、この人はこういう服装をするのだなと若菜はしみじみ思った。

「じゃあ、行きましょうか」

そう言って古橋が向かったのは、敷地《しきち》をぐるっと囲む竹垣《たけがき》の一部に設《しつら》えられている小さな戸だ。勝手口のようなそれを開けると、若菜の知らない道に出る。

「ここから出ると、近道なんですよ」

「そうなんですね」

先頭の古橋は若菜が不思議そうにするのに気がついたのか、振り返ってそう声をかけた。内心、どこへ行くのだろうと少し不安ではあったものの、歩いているうちにそんなことは気にならなくなった。

「若菜ちゃん、夜桜って見たことある？」

いつの間にか隣に陣取ったマリアンヌが、不意に尋《たず》ねてきた。店の外でこうして彼女の姿を見るのは不思議な気がする。といっても、やはり言われなければ妖怪には見えないけれど。

「あります。でも、前の会社にいたときに部署の飲み会みたいな感じでやったので、あんまり楽しかったとかきれいだったっていう記憶はないんですけど」

「新人とか若手に場所取りさせるっていう、アレね。じゃあ、今夜が初めての楽しい夜の花見になるのかしら。とにかく、すごいのよ」

「楽しみです」

これから行く場所はどんなところなのだろうか。マリアンヌが自信たっぷりに笑うから、若菜は俄然《がぜん》楽しみになった。

一行は、言葉少なに歩く。

河童《かっぱ》の流川は帽子を目深《まぶか》に被って、袖の長い服と背中のリュックで身体的特徴を隠している。そのリュックの中には、提灯《ちょうちん》お化けの明野が潜《ひそ》んでいた。その隣を歩く小豆《あずき》洗いの新井も、ダボッとしたパーカーを着ているからただの小柄で猫背な人に見えるだろう。

マリアンヌもルシアンもパッと見は普通の人間に見えるし、古橋が持つ重箱の入った紙袋の中にいるスネコスリたちも可愛い齧歯類《げっしるい》にしか見えない。

でも、古橋と若菜以外みんな、妖怪なのだ。だからこれはちょっとした百鬼夜行《ひゃっきやぎょう》体験だ、なんて思うとおかしかった。

この二十一世紀に、妖怪と人間が連れ立って夜桜を見に行くのだ。何とも稀有《けう》な体験で、すごく楽しいことだなと若菜は思う。

「着きましたよ」

「こんなところがあるなんて、知りませんでした」

ひっそりとした住宅地を抜けると、開《ひら》けた場所に出た。

そこは、公園だ。遊具はなく、簡素なベンチがいくつか設置してあるだけの公園だから、確かに花見にはもってこいだろう。

公園の敷地《しきち》内には、ソメイヨシノをはじめとした桜の木が何本も植えられている。今は五分咲きで、あと数日もすれば見頃を迎えるといった様子だ。

「このあたりにしましょうか。シート広げますね」

「お手伝いします」

大きな桜の木の下まで行くと、古橋が肩にかけていたトートバッグの中からレジャーシートを取り出した。これだけの人数が座るのだ。ひとりでは敷《し》けないだろうと考え、若菜は手伝うことにした。

レジャーシートの端と端を持って、若菜と古橋は向かい合っている。広げなければみんなが座ることはできないから、ふたりの距離はどんどん開いていく。

今このときが、古橋の一番近くにいられるときなのだろうと思って、唐突に若菜の胸は痛んだ。でも、こんなのはよくある感傷だ。そのうちに、忙しさの中でそんなものは忘れていくはず——若菜はそう強がった。

「お弁当広げる前に、みんなに紙コップ行き渡らせるわよー。酒を飲む人はあたしから模様つきのコップ、ジュースとかお茶の人はルシアンから白いコップを受け取ってね」

各々《おのおの》シートの上に座ると、マリアンヌとルシアンが紙コップを配り始めた。彼らも肩から荷物を提《さ》げているとは思っていたけれど、どうやら飲み物を持ってきてくれたらしい。

若菜はマリアンヌから模様つきの紙コップを受け取った。彼女と流川と新井は同じく模様つきのコップを、スネコスリは専用のお猪口《ちょこ》を、ルシアンは輸血パックにしか見えないものを持っていた。そして古橋は、白いコップを持っている。

「古橋さんは、飲まないんですね。すみません、私は飲む気満々で……」

「違うんです。飲まないんじゃなくて、飲めないんです。下戸《げこ》、とまではいかないんですけど」

古橋が飲まないことを知り、申し訳なくなった若菜だったけれど、彼は恥ずかしそうに頭をかいた。その様子から、ただの遠慮で飲まないわけではないとわかる。

「レディ、ミツルは飲むと大胆になってしまうから、今夜は慎《つつし》もうと思っているんだヨ。複雑な男ゴコロ、わかってあげてネ！」

ほっとする若菜に、ルシアンがパチッとウインクして言った。フォローのつもりみたいだけれど、それを聞いていたマリアンヌが目を吊り上げる。

「あんた、余計なこと言ってんじゃないわよ！　そんなことより、そんなけったいな飲み物、誰かに見られたらどうすんのよ！」

「ダイジョブダイジョブ。最近、この手のドリンク、流行《はや》ってマスから！」

「確かに縁日とかで若い女の子たちが輸血パックみたいなものを持っててギョッとすることあるけど、でも今持ってるのはおかしいでしょ」

「言わなきゃこれがトマトジュースなのかそうじゃないのか、誰もワカラナイ！　神のミソジルね」

「それを言うなら『神のみぞ知る』よ！　あんた何十年日本にいるの？　そろそろそのエセ外国人キャラやめなさいよ！」

「やめないヨー。女の子みんな、カワイイって言ってくれるからネ」

仲がいいのか悪いのか、マリアンヌとルシアンのやりとりは漫才《まんざい》のようだ。若菜がそれに意識を向けているうちに、レジャーシートの上では着々と準備が進められていた。

「わあ。小さなお弁当になってるんですね」

「これは間仕切りの多さに惹《ひ》かれて購入した重箱なんですよ。やっと活躍させられる日が来ました」

重箱を開けると、その中にはさらに小さな箱が並んでいて、そのそれぞれに各種おかずが盛りつけられていた。こうしてあると、取り分ける必要もなくすぐに食べられる。

煮物、だし巻き卵、唐揚げ、シュウマイ、それからサーモンとマグロが乗った手毬《てまり》寿司。食べやすい大きさのそれらが並んだ色鮮やかなお弁当に、若菜は思わず笑顔になる。

「実はまだまだおかずはたくさんあるんですよ。張り切って作りすぎてしまって」

「それなら、張り切って食べます。古橋さんのお料理、大好きなので」

弁当と飲み物がそれぞれ行き渡ると、乾杯《かんぱい》をして花見が始まった。

名目は若菜の壮行会だけれど、こうして集まるのは初めてだ。途中からは、店の常連と従業員による親睦会《しんぼくかい》のようになる。

煮物で飲むのが好きだと言って、マリアンヌは煮物とだし巻き卵をスネコスリと交渉《こうしょう》して交換していた。流川と新井も意気投合したようで、お酒を酌《く》み交わして熱心に語り合っている。ルシアンは明野を相手に女性の美しさについて語り、それを聞く古橋は苦笑していた。

若菜はそのそれぞれに相槌《あいづち》を打ち、弁当を食べ、時折《ときおり》日本酒を口にしながら夜桜を見上げた。

下手に気を使わず、にぎやかな雰囲気の中でおいしいものを食べるというのは、ひとり暮らしが長くなってくるとなかなかできない経験だ。今、自分がものすごくいい時間を過ごしているのだなと思うと、若菜は感慨《かんがい》深くなった。

「茂木さん、楽しんでますか？」

ずっと聞き手に徹《てっ》している若菜を気遣ったのか、古橋がそう声をかけてきた。店で見るときより寛《くつろ》いだ雰囲気だ。いつも穏やかで一緒にいると気持ちが落ち着く人だけれど、こうして食事を共にするとより一層そう感じる。

「はい、とても楽しいですよ。お弁当もおいしいですし。煮物もだし巻き卵もいつもよりちょっと味が濃いめで、ついついお酒が進んじゃいます」

「よかった。俺はお酒を飲まないからあまりわからないんですけど、飲む人は味が少し濃いめのほうがいいと聞いていたので」

「いい塩梅《あんばい》です。すごくおいしいですよ」

「それならよかった」

古橋は自分が食べるよりも、若菜が食べるのをじっと見つめていた。思えば、店にいるときもそうだ。料理を提供する側だからかと思っていたけれど、それだけではないのだろうと今ならわかる。

「あの、おかずのおかわり入りますか？」

見られているのが面映《おもは》ゆくて無心になって食べていると、古橋がそう言って重箱の下の段を示した。他の人たちは飲んでしゃべることに夢中で、もう弁当には関心がないようだ。それならばと思って、若菜は頷《うなず》いた。

「ください。たくさん食べたい気分です。古橋さんのお料理、食べ納《おさ》めでしょうし」

「またいつでも食べに来てください。お料理も、お酒も、茂木さんが喜ぶものを精一杯お出しします」

あまり湿っぽくならないようにと努めて言えば、古橋も爽《さわ》やかに笑ってくれた。それどころか、彼には一切の感傷が感じられない。寂しそうにされたらそれこそやりきれなかっただろうから、これでいいのだけれど。

「そうだ。今日はデザートもあるんですよ。デザートといっても、和菓子なんですけど」

若菜が黙々《もくもく》とおかずを食《しょく》していると、古橋が小さなお櫃《ひっ》の形をした弁当箱を開けた。その中には、薄いピンク色のキラキラした鉱石《こうせき》のようなものが入っていた。

「きれい。これ、琥珀糖《こはくとう》ですか？　桜の花が入ってる」

「桜の塩漬けを塩抜きして入れてるんです。ただの桜色にするより、どうせだったら花が入っていたほうが可愛いかなと思いまして」

「えっ、古橋さんが作ったんですか？　すごい……和菓子まで作れるなんて」

「いえいえ。寒天《かんてん》を固めて乾燥させたらできるんですよ。でも、喜んでもらえてよかった」

若菜が桜の琥珀糖《こはくとう》をひとつ手に取って感激していると、古橋は嬉しそうに言った。キラキラ光る琥珀糖《こはくとう》ひとつひとつに、桜の塩漬けが閉じ込められている。その丁寧な仕事ぶりに、若菜も古橋が今日のためにいろいろ用意してくれたことを思って嬉しくなる。

「満開の桜が見られなかったのは残念ですけど、こんなに素敵なものをいただけて幸せです。……外側はシャリシャリで、中はとろりとして甘くて、すごくおいしい」

ひとつ食べた若菜は、その繊細《せんさい》な甘さにうっとりした。食べるのがもったいないくらいきれいだけれど、食べなければこのおいしさは味わえない。手作りのそのお菓子はどれをとってもひとつとして同じものはない。だから手に取ってじっくり眺め、それからしっかり味わった。

「満開の桜、たぶんお見せできると思います。待っててくださいね」

古橋はいたずらっぽく笑うと、木の幹《みき》に近づいていった。それから何やら話しかけるようにして、根元に日本酒の瓶《びん》を供《そな》える。

すると、幹《みき》から何かキラキラきらめくピンク色の光が飛び出して、瞬《またた》くように枝の周りを飛び回り始めた。光が通り過ぎた場所から、まるで手品のように花が開いていく。

しばらく眺めていると、五分咲きだった桜の木は、あっという間に満開になった。

「すごい……え？　どうやって？」

「そっか、若菜ちゃんには見えないのか。今ね、桜の精《せい》が喜んで花を咲かせたのよ」

感激する若菜に、マリアンヌが解説した。

「桜の精《せい》？　何かピンク色の光を見たんですけど」

「そう、それよそれ。若菜ちゃんには光に見えるのね」

若菜の目にはただの光にしか見えないけれど、今ここにはティンカーベルのような妖精がいて、みんなで一緒にお花見をするのを喜んで花を咲かせたのだという。桜の精《せい》は桜を愛《め》でてもらえるのが好きで、気に入った人間にはこんなサービスをするらしい。

「今日若菜ちゃんに満開の桜を見せたくて、みっちゃんは数日前から桜の精《せい》にご機嫌伺《うかが》いしてたのよ。……あ、内緒だったわね」

マリアンヌが言うと、古橋が恥ずかしそうに顔を伏せた。それを見て、若菜は何とも言えない、くすぐったい気持ちになる。

古橋はいつもおいしい料理と気遣いで、若菜を喜ばせてくれた。出会ったときからだ。失恋してカボチャを片手に道端で泣いていたときから、古橋はずっと親切で優しかった。

そのことを思うと、若菜の胸は温かくなって、でもちくりと痛くて、泣きそうになってしまう。

せっかくの美しい景色が涙でにじんでしまうのはもったいないから、若菜はしっかり目を見開いて満開の桜を見上げた。

　ライトアップされていないから、本来ならそこまではっきり見えないのだろう。でも目の前の桜は、桜の精《せい》のおかげかほんのり薄紅色の光を放っている。その特別な光景を目に焼き付けようと、若菜は瞬《まばた》きも惜しんで見つめた。

「こんなにきれいな桜、二度と見られないかも。それに、こんなに楽しいお花見も、きっともうないです……」

　おいしいものを食べて、おいしいお酒を飲んで、きれいな桜を見て。こんなに楽しい花見は初めてで、何とも言えず嬉しくなる。でも同時に、これが最初で最後なのではないかと思うと、胸が苦しくなってしまった。

「そんなことないですよ。茂木さん、近いうちにまた会えますから」

　涙ぐんで声を詰まらせた若菜を慰《なぐさ》めるためか、古橋がそっと肩を叩いて優しく言った。

　それがどういう意味なのか若菜にはわからなかったけれど、そうして慰《なぐさ》められたということを慰《なぐさ》めにしようと思った。

第十四話　扉の向こうはあやかし飯屋

日が暮れるのが大分ゆっくりになってきたなと、若菜は宵《よい》の住宅地を歩きながら思っていた。

そういえば、新しい職場であるクッキングスタジオをこんなに早く出たのは初めてだ。就職してからこの一ヶ月、とにかく忙しくて、職場を出るのはいつも夜の九時を過ぎていた。

友人が始めたそのクッキングスタジオはもともと友人の両親がやっていた料理教室を暖簾《のれん》分けしたもので、ただ受講生に料理を教えているだけでなく、手軽に作れる料理の動画も配信している。この動画を見て料理教室に興味を持ってくれる人もいるし、動画に広告をつけていればそれによる収益もある。

週に五回のレッスンに加えて動画の配信と手堅《てがた》くやっているため忙しく、その人手不足を解消するために若菜に声がかかったというわけだ。

友人と若菜ともうひとりのメンバーで、今は料理教室の運営と動画の準備をしている。若菜が加わって少し余裕ができたからということで、月に一回ほど公民館などでシニアの方や子供向けの出張教室を開催する準備も進めていた。

若菜の今の主な業務は先生として教室を回している友人の助手だけれど、そのうちレシピの考案や動画の作成も任せてもらえることになっている。今も夏に向けて簡単で可愛いスイーツのレシピを考えていた。

前職より給料は減ったし、忙しさでいえば今のほうが上かもしれない。でも、本当にやりたかった仕事に就《つ》けたのだ。つらいとか嫌だとかいう気持ちはなかった。

ただ、身体はきつい。

多忙に加え、引っ越しの片付け作業も若菜の体力を削っていた。

当初の予定では、せっかく地元に帰るのだからしばらく実家から職場に通うつもりだった。でも、転職することを伝えるために電話をかけたとき、その考えを即座に捨ててすぐさま不動産屋に連絡したのだ。両親とは少しの間、距離を置こうと思ったから。

転職のことやりたかった仕事に就《つ》けたことを報告したら、お祝いより先に「そんなことより結婚は？」と尋《たず》ねられた。

両親のことは好きだし、育ててもらった恩もある。それでも、すぐに結婚の話題が出るあたり、一緒に暮らしていけないと若菜は感じたのだ。

結婚しない生き方だってあるし、結婚だけが幸せに生きるための選択肢ではない。それに若菜は今、やりたかった仕事を頑張って、そのことで人生をよりよいものにしようとしている。でも、残念ながらそれでは両親を安心させられないらしい。

娘の幸せを願う彼らは、早く結婚させたいと考えている。結婚すれば、次は早く子供をと言うだろう。子供を産めば、早くふたりめをと言うだろう。それが彼らの思う〝普通〟の幸せで、さらに言うならそうして娘が結婚し、孫ができることが、彼ら自身の欲する幸せなのだろう。

それがわかるから、若菜はしばらく実家と距離を置こうと思ったのだ。

両親の願いを否定するつもりはない。若菜も、そういった〝普通〟に対する憧《あこが》れはあるつもりだ。でも、無事に転職できたことへのお祝いよりも先に「そんなことより結婚は？」と尋《たず》ねられたことを、しばらくは消化できそうになかった。

消化できないうちは、顔を合わせれば意見がぶつかって喧嘩《けんか》になってしまうだろう。

だから自分が冷静になれないうちは距離を置くのがいいと思っている。

それに今時、仕事や趣味に生きることは特別珍しいことでもない。だったら、独身万歳《ばんざい》で生きていこうと思ったのだ。

というわけで、半ば自棄《やけ》になって引っ越しを強行したため、荷解《にほど》きと片付けという形でツケを払わされている。大急ぎで大して整理整頓せずに詰められた荷物というのは、当然その後の荷解《にほど》きも大変だ。どこに何を置こうかと考えながら部屋に向き合っても、肝心の荷物がどこにあるのかわからず、段ボール箱をひとつひとつ開けることから始めなければならない。

というわけで、新居に引っ越して一ヶ月経つというのに、若菜は未《いま》だにいくつもの段ボール箱と寝起きを共にしている。

「どうしよう……お腹空いた」

自宅へと歩きながら、若菜は空腹を感じた。思えば、長らくゆったりと夕食をとっていない。料理教室のあった日は授業で作ったものを食べるし、それ以外の日も試作品を食べているから食事はしている。

でも、きちんと夕食らしいものを健康を害さない時間に食べるということはあまりできていない。ひどいときは、自宅で適当にカップ麺《めん》やレトルト食品をかき込むような食事をしてしまっている。

食べること、おいしいものを作ることを仕事にしているのに、これではいけない気がする。それに、久しぶりに誰かが丁寧に作った料理を食べたい気分になった。

だから若菜は、ご近所の散策も兼ねて飲食店を開拓することにした。

若菜が今暮らしているのは、商業地域に隣接した古くからある住宅地だ。少し行けば小さな商店街があるし、その商店街を中心として居酒屋や小料理屋、焼き鳥屋がポツポツと点在している。ということは、住宅地をふらりと歩いていれば、昔ながらの純喫茶《じゅんきっさ》やちょっとした定食屋を見つけられるかもしれない。

幹線道路沿いまで行けば、ファミレスがあるのは知っている。でも今夜は、ひょっこり知らない店にたどり着きたい気分だった。

思わぬ店に出会いたいと思うのは、前職の名残《なごり》なのか、もともとの性《さが》なのか。わからないけれど、わくわくしながら若菜は歩いた。

だから、馴染《なじ》みのあるオレンジ色の灯《あか》りを見つけたときは、わくわくしすぎて見た幻かと思った。

「明野さん⁉」

ふよふよと漂《ただよ》う灯《あか》りに誘われるようにして細い路地に入ると、そこには見間違いではなく提灯《ちょうちん》お化けの明野がいた。明野は愛想のいい笑みを浮かべ、手招きするように上下に揺れた。

よく見れば、今通ってきた細い路地も、目の前にある竹垣《たけがき》に囲まれた建物も、見覚えがある。もしかしたら勘違いかもしれない。明野に見える提灯《ちょうちん》お化けも他人の空似の知らない妖怪かもしれない。

それでも確認せずにいられなくて、若菜は竹垣《たけがき》へと近づいていった。そしていつものようにオレンジ色の灯《あか》りに導かれて飛び石の上を歩いていき、オーク材の扉の近くに提《さ》げられた提灯《ちょうちん》を見上げる。そこには、〝まんぷく処〟と書かれていた。

嬉しくて、信じられない気持ちで、若菜はオーク材の重厚な扉を開けた。

「いらっしゃいませ。お久しぶりですね、茂木さん」

「古橋さん……え、何で？」

扉の向こうには、温かな内装の店と見慣れたカウンター。そしてそのカウンターの奥には、柔らかな笑みを浮かべる店主の古橋がいた。

「扉を見つけられた人は来店できるんですよ。ご縁のある人が暮らす近くに出現する、みたいな感じなんです。便利でしょう?」

「そ、そうだったんですか。すごい……どうしよう」

「うちは常連さんが求める限り常連さんを離さない、そんな店なんですよ」

得意げな表情の古橋を前に、若菜は何と言っていいかわからなかった。まさか、こんなふうにまたこの店に来られるなんて思っていなかったから。

戸惑って立ちすくんでいる若菜の足元に、ふわふわで温かなものが走り寄ってきた。見るとそこには、愛らしい三つの毛玉がいた。

「スネちゃん、コスちゃん、リーちゃん! うー、会いたかったよー!」

すっかり懐《なつ》いて足にすり寄ってきたスネコスリたちを、若菜は抱き上げた。この不思議なぬくもりにもう触れる機会はないと思っていたから、嬉しくてたまらない。

スネコスリたちも喜んでくれているのか、いつも以上にスリスリが激しい。

「さあ、茂木さん。座ってください。何でも、食べたいものをお出ししますよ」

「はい」

スネコスリたちとたわむれていたところを古橋に呼ばれ、若菜は慌てて席についた。

カウンターの中央左寄り、古橋が料理する姿が一番見えるところだ。

「嬉しいなあ。あ、マリアンヌさんやルシアンさんにも連絡しますか？　会いたがっていたので、喜んで飛んでくると思いますけど」

若菜との再会を本当に喜んでくれているらしく、古橋がニコニコしながら尋《たず》ねてきた。

馴染《なじ》みのふたりに会いたい気持ちももちろんあったけれど、若菜は少し考えて首を横に振る。

「おふたりにも会いたいですけど、今夜はいいです。……古橋さんと、ふたりきりがいいので」

再会のどさくさにまぎれて、若菜はそう言ってみた。

引っ越すことを打ち明けたとき、古橋の反応があまりにも淡白《たんぱく》だったのを見て、正直だめだと思っていた。好意があるならもっと悲しんでくれるはずだと思っていたから。

でも、こうして再会できることを知っていたから悲しまなかったのだと考えると、まだあきらめなくてもいいような気がしてきたのだ。だから、若菜はわかりやすくアピールしてみた。

「ふたりきり……そうですね。では、今夜は貸し切りで」

「はい」

「何にしましょうか」

「おすすめはありますか？　ここ最近忙しくて、誰かが丁寧に作ってくれたご飯を食べたい気分なんです」

若菜は古橋の作る料理が恋しかったから、もう何だっていい気分だ。もう食べられないと思っていたおいしい料理が食べられる、それだけで幸せいっぱいになっている。

「でしたら、旬《しゅん》のタケノコづくしにしましょうか。実は福岡県の有名なタケノコを買い付けて、タケノコの炊き込みご飯を作ったんですよ」

「タケノコ！　炊き込みご飯にするとおいしいですよね。そういえば、改めて考えると旬《しゅん》のタケノコはもう何年も食べてないかも」

「じゃあ、天ぷらとかいろいろ作りますね」

「お願いします」

古橋が料理に取りかかるのを、若菜はわくわくして見守った。

今、自分が料理をする仕事に就《つ》いているから、彼がいかに手際よく調理できているかがわかる。それに、古橋が料理をする姿は楽しそうだ。だからこそ、そばで見ている若菜も楽しい気分になるのだろう。

古橋は、油を熱した天ぷら鍋《なべ》に衣《ころも》をつけたタケノコをさっと落としていく。パチパチと油が跳ねる音がして、しばらく待ってから網に上げていく。

若菜は揚げ物があまり得意でないから、技を盗めればと思ってじっと古橋の手元を見守った。揚げ物は、油の量や温度を見誤《みあやま》るとうまく揚げることができない。若菜は油跳ねを気にしてつい油を少なくしたり温度が低めの状態で食材を投入したりしてしまうから、いつもいまいちなできあがりなのだ。

じっと見つめているうちにあっという間に揚げ終わってしまい、古橋は次に中華鍋《なべ》で牛肉の細切りとタケノコを炒《いた》め始めた。それと同時に何かを包んだアルミホイルをオーブンに入れる。

自身で料理をするときも、料理教室で受講生に教えているときも、同時進行で何かをしたり時間配分に気を使ったりということの難しさを感じている。だから、こうして改めて目《ま》の当たりにして、古橋の手際のよさを感じてしまう。

爽《さわ》やかな顔立ち、柔和《にゅうわ》な雰囲気、そして料理のおいしさにこれまでは惹《ひ》かれていたけれど、プロとしての在り方やその腕前にも魅《み》せられた。

（古橋さんって、すごい人なんだ）

若菜は古橋への尊敬の念と好意をさらに深めた。

「お待たせしました。タケノコ定食です」

「すごい品数！　全部おいしそう！」

盆に乗せて出された料理の数々に、若菜はまず感激した。

炊き込みご飯をはじめとして、天ぷら、牛肉とタケノコの炒《いた》め物、ホイル焼き、煮物、それからお味噌汁だ。

若菜は迷ってから、まずお味噌汁のお椀を手に取った。

「……はぁ。すごくほっとする味です。タケノコとワカメって合いますよね」

「若竹煮《わかたけに》とか若竹汁《わかたけじる》なんていって、ワカメとタケノコはよく合う組み合わせとされてますからね」

「これはタケノコの味なのかな？　このお味噌汁、お出汁《だし》にもほんのり甘みがあって、とってもおいしいです」

「ウルメイワシの煮干しを使ってるんです。この煮干しは脂肪が少なくて甘みが強いのが特徴なんですよ」

「煮干し出汁《だし》ですか！　いつもお味噌汁は鰹節《かつおぶし》と昆布の出汁《だし》で作るんですけど、煮干しもいいですね」

若菜はお味噌汁を楽しむと、次に炊き込みご飯に取りかかった。

具材はシンプルにタケノコと油揚げだけ。彩《いろど》りに木の芽が乗せられているだけだから、見た目は少し地味だ。でも、口に含むとタケノコと出汁《だし》が香り、噛みしめればそれぞれの味が混ざり合い、絶妙な調和が取れている。細かく刻んだタケノコのショキショキとした食感と油揚げの柔らかな食感が、いいアクセントになっていた。

「タケノコが主役のザ・タケノコご飯ですね。お上品な味付けで、タケノコの香りと味が際立《きわだ》ってます。あとですね、おこげおいしいです！　焦《こ》げたところに、この炊き込みご飯の旨《うま》みがギュッと凝縮《ぎょうしゅく》されてるみたいで」

「やっぱり、炊き込みご飯はおこげですよね。おこげ好きなんで、土鍋《どなべ》で炊いたんです」

「土鍋《どなべ》ご飯！　手間がかかってるぶん、おいしいのは当然ですね」

炊飯器《すいはんき》という文明の利器《りき》が誕生して久しいけれど、やはり米のおいしさをもっと引き出すのは土鍋《どなべ》ではないかと若菜は思っている。もともと土鍋贔屓《どなべびいき》なところがあったから、このタケノコご飯が土鍋《どなべ》で炊かれたと聞くと、さらにおいしいような気がしてくる。

「次は、煮物をいただいてみようかな。鰹節《かつおぶし》が入ってる。そういえば、我が家のタケノコの煮物は煮干しで出汁《だし》をとってました」

「これは土佐煮《とさに》といって、鰹節《かつおぶし》を使った煮物なんですよ。鰹節《かつおぶし》が土佐《とさ》の名産ということで、鰹節《かつおぶし》を使った煮物は土佐煮《とさに》と呼ばれるそうです。シンプルでスタンダードな煮物なので、いろんな具材で作れますよ」

「やってみます。……うん！　おいしい！　タケノコに、お醤油と砂糖の濃いめの味がよく絡《から》んでて。これは……おつまみにもなりそうですね」

タケノコの煮物をひと口食べて、若菜はまた感激した。タケノコは食材としては淡味《たんみ》なため、濃いめの味がよく合うのだ。そしてそういった濃いめの煮物は、おいしいお酒が恋しくなる。

何か飲むものを出そうかと尋《たず》ねられ、若菜は首を横に振った。せっかく古橋とこの店の味に再会できた夜なのだ。お酒などなくても、十分に楽しい時間だ。

それに酒に弱いつもりはないけれど、どうせなら素面《しらふ》でいたかった。

「これは、青椒肉絲《チンジャオロース》風の炒《いた》め物ですか？」

ご飯、お味噌汁、煮物と、スタンダードな和食を順に食べていった若菜は、盆の上で若干《じゃっかん》異色の炒《いた》め物に箸《はし》を伸ばした。甘辛な味がよく絡《から》んだそれは、噛むと肉の味とタケノコの味がよく馴染《なじ》む。青椒肉絲《チンジャオロース》の場合ピーマンの苦味をアクセントとして楽しむけれど、タケノコの味は主張しすぎず調和することで旨味《うまみ》となっている。

「この甘辛の味付けが好きなんですけど、ピーマンが冷蔵庫にないときもあるじゃないですか。それでいろいろ試して、タケノコがはまったんですよ。忙しいときは、これを一品作って丼にして食べます」

「これ、白米が進む味ですもんね。私も丼、やってみよう」

青椒肉絲《チンジャオロース》風の炒《いた》め物を丼ご飯に乗せるのを想像して、若菜は楽しくなって笑った。

この味は丼物にしても合うと思ったのもあるけれど、古橋が案外プライベートではラフな食事をしているというのがわかって安心したのだ。

「茂木さん、そのホイル焼きなんですけど、たぶんお好きだと思うんですよね」

若菜がもぐもぐしていると、待ちきれなくなったのか古橋はまだ手付かずのホイル焼きを指し示した。贈ったプレゼントの包みを相手が開けるのを待っているような、わくわくとした顔をされたから、若菜はいそいそとホイルを開いた。

「タケノコのホイル焼きっていうから素材の味を楽しむのかなと思ったら……これは、チーズですか？」

アルミホイルの中にあったタケノコの上には、ブラックペッパーと何かとろりとしたクリーム色のものがかかっていた。

「それはマヨネーズと粉チーズです」

「なるほど！　おいしい……チーズだけだとくどくなりそうなところを、マヨネーズと粉チーズで代用することでまろやかにしてるんですね。マヨとブラックペッパーと粉チーズって、大正解ですね！　これはまたまた、お酒に合いそう……」

マヨネーズと粉チーズとブラックペッパーで味付けされたタケノコは、甘みが引き出され、食感を楽しめる仕上がりになっている。これまた酒飲みが好みそうな味付けで、若菜はやはり飲んでしまおうかと考えた。

でも、食べる自分を見つめる古橋に気がつくと、そんな気持ちは霧散《むさん》する。

「初めてお店にいらしたときから、いい食べっぷりだなと思ってたんですけど、やっぱり茂木さんの食べる姿はいいですね。作ってよかったって思います」

そう言って、古橋は柔らかく笑った。その笑みは、まるで愛らしい動物か何かを見たときのような表情だ。癒《い》やし系のつもりも動物のように愛らしいつもりもないけれど、そんなふうに微笑《ほほえ》まれると嬉しくなるし、同時にくすぐったくなる。

「茂木さんには、どんどん食べさせたくなっちゃいますね。一緒においしいものを食べに行ったら、楽しいんだろうな」

先ほどの言葉は社交辞令《しゃこうじれい》かなと思えても、この言葉は聞き流せなかった。これを好意と受け取っても、自惚《うぬぼ》れではないはずだ。むしろ、これをお誘いの言葉と受け取らないほうが鈍《にぶ》いというものだろう。

「……古橋さん、あの。引っ越しして一ヶ月経って、新生活も落ち着いてきたので、どこかにお出かけしませんか？　ここに来られたってことは、一緒にお出かけすることも可能ですよね？　このお店の仕組みがどうなってるのか、いまいちよくわかってないんですけど……」

ドキドキしながら、若菜は古橋を誘ってみた。もともとは、古橋が誘ってくれたのだ。それを引っ越しの話でなしにしてしまったのだから、今度は若菜が誘うのが筋であるはずだ。

断られないだろうと思っても、やはり緊張する。でも、古橋の顔を見れば、その緊張は杞憂《きゆう》だったとわかる。

「もちろんです！　一緒に出かけましょう。この店と縁のあるところなら、どこへだって行けますよ。茂木さんの行きたい場所に行きましょう」

「はい！」

満面の笑みで言われ、若菜も笑顔で返した。嬉しくて、今度は別のドキドキが胸を騒がせる。

まだお誘いをしてオーケーをもらっただけだ。どこに行くのかも何をするのかも、いつかも決まっていない。それなのに楽しくてたまらなくて、若菜と古橋は見つめ合って笑った。

「みっちゃーん、やってるー？　って、若菜ちゃんじゃないのー⁉　やだー！　お久しぶり！　元気だったー？」

ふたりの間に甘い空気が流れていたのに、突然扉が開いて、その空気をぶち破った。

入ってきたのはマリアンヌで、驚きのあまり首を伸ばしてしまっている。いつもならすぐに首をしまうのに、今日はなかなか元に戻らない。

「やだやだ嬉しぃー！　また会えると思ってたけど、いざ会えたら驚きだし嬉しすぎー！　ルシアンも呼んでいい？」

大喜びしたマリアンヌは、そのたくましい腕に若菜を抱きしめ、ぴょんぴょんとその場で跳ねた。それまでずっと近くにいたスネコスリたちが、恐れをなして逃げていく。

「私もまた会えて嬉しいです、マリアンヌさん」

「やだもー！　嬉しいこと言ってくれるー！　……あ、電話したらルシアン来るってー」

テンションが上がりまくったマリアンヌの腕の中で、若菜はちょっぴり残念な気持ちになっていた。せっかくいい感じだったのに……と。でも、嬉しい気持ちも当然ある。

マリアンヌにも会いたかった。ルシアンにも。若菜はこの店と、ここに来るお客さんたちが好きなのだ。

だから、なかなか古橋とふたりきりにはなれないけれど、これからも懲《こ》りずにこの店へ通うだろう。

晴明《せいめい》さんちの不憫《ふびん》な大家《おおや》

著 烏丸紫明
karasuma shimei

第2回
キャラ文芸
大賞
あやかし賞
!!!!!!!!

祖父から引き継いだ一坪の土地は——

幽世《かくりよ》へとつながる不思議な扉でした

やたらとろくな目にあわない『不憫属性』の青年、吉祥真備《きちじょうまきび》。彼は亡き祖父から『一坪』の土地を引き継いだ。実は、この土地は幽世《かくりよ》へとつながる扉。その先には、かの天才陰陽師・安倍晴明《あべのせいめい》が遺した広大な寝殿造の屋敷と、数多くの“神”と“あやかし”が住んでいた。なりゆきのまま、真備はその屋敷の“大家”にもさせられてしまう。逃げようにもドSな神・太常《たいじょう》に逃げ道を塞がれてしまった彼は、渋々あやかしたちと関わっていくことになる——

◎定価：本体640円＋税　◎ISBN 978-4-434-26315-6　◎illustration：くろでこ

沖田弥子
Yako Okita
みちのく
銀山温泉
あやかしお宿の若女将になりました
暖簾の向こう側は
あやかしたちがくつろぐ秘湯!?

祖父の実家である、銀山温泉の宿「花湯屋」で働くことになった、花野優香。大正ロマン溢れるその宿で待ち構えていたのは、なんと手のひらサイズの小鬼たち。驚く優香に衝撃の事実を告げたのは従業員兼、神の使いでもある圭史郎。彼いわく、ここは代々当主が、あやかしをもてなしてきた宿らしい!?　さらには「あやかし使い」末裔の若女将となることを頼まれて――訳ありのあやかしたちのために新米若女将が大奮闘!　心温まるお宿ファンタジー。

沖田弥子
みちのく
銀山温泉
あやかしお宿の若女将になりました
暖簾の向こう側は
大賞
あやかしたちがくつろぐ秘湯!?

◉定価：本体640円＋税　◉ISBN:978-4-434-26148-0

◉Illustration：乃希

この作品に対する皆様のご意見・ご感想をお待ちしております。

おハガキ・お手紙は以下の宛先にお送りください。

【宛先】

〒150-6005 東京都渋谷区恵比寿4-20-3 恵比寿ガーデンプレイスタワー5F
（株）アルファポリス　書籍感想係

メールフォームでのご意見・ご感想は右のＱＲコードから、
あるいは以下のワードで検索をかけてください。

アルファポリス 書籍の感想　検索

ご感想はこちらから

アルファポリス文庫

扉《とびら》の向《む》こうはあやかし飯屋《めしや》

猫屋ちゃき（ねこや ちゃき）

2020年 1月 31日初版発行

編　集－及川あゆみ・宮田可南子
編集長－太田鉄平
発行者－梶本雄介
発行所－株式会社アルファポリス
〒150-6005 東京都渋谷区恵比寿4-20-3 恵比寿ガーデンプレイスタワー5F
TEL 03-6277-1601（営業） 03-6277-1602（編集）
URL http://www.alphapolis.co.jp/
発売元－株式会社星雲社
〒112-0005 東京都文京区水道1-3-30
TEL 03-3868-3275
装丁イラスト－カズアキ
装丁デザイン－AFTERGLOW
印刷－中央精版印刷株式会社

価格はカバーに表示されてあります。

落丁乱丁の場合はアルファポリスまでご連絡ください。

送料は小社負担でお取り替えします。


ISBN978-4-434-26966-0 C0193